periscopio

IDEAS
DE BOMBERO

ANDREU MARTÍN

IDEAS
DE BOMBERO

edebé

Obra finalista del Premio EDEBÉ de Literatura Juvenil (IV edición),
según el fallo del Jurado compuesto por: Victoria Fernández,
Modest Prats, Robert Saladrigas, Vicenç Villatoro y Carlos Zamora.
Actuó como Secretaria, sin voz ni voto, Anna Gasol.

© Andreu Martín, 1996

© Ed. Cast.: edebé, 2005
Paseo de San Juan Bosco, 62
08017 Barcelona
www.edebe.com

Directora de la colección: Reina Duarte
Diseño de las cubiertas: César Farrés
Ilustraciones: Horacio Elena

19.ª edición

ISBN 978-84-236-7519-7
Depósito Legal: B. 32125-2011
Impreso en España
Printed in Spain
EGS - Rosario, 2 - Barcelona

Este libro se puede leer de tres maneras distintas, por lo menos.

1) Como un libro normal (si es que hay libros normales), empezando por la página uno y siguiendo, correlativamente, hasta la última.

2) Siguiendo el orden de los capítulos numerados por el sistema arábigo (1, 2, 3, 4...).

3) O siguiendo el orden de los capítulos numerados por el sistema romano (I, II, III, IV, V...).

Esto no responde tanto a un intento de experimentar, ni de demostrar lo que sé hacer dando el triple salto mortal, sino que, sobre todo, es resultado de una duda no resuelta.

Cuando tenía pergeñado ya a mano y en papel cuadriculado todo el argumento de la novela, en el momento de ir a pulsar la primera tecla del ordenador me pregunté a quién elegiría como protagonista y cómo mantendría la intriga de la historia. ¿Debía distanciarme de los dos protagonistas y contar la historia objetivamente, dando al lector todos los datos desde el principio? ¿O sería mejor seguir los pasos de Guillermo, que durante tantas páginas se estaría preguntando qué demonios le pasaba a Carmen? ¿O bien seguir a Carmen, que durante tantas páginas se estaría preguntando qué demonios pasaba en casa de Guillermo? Cualquiera de las tres opciones me resultaba atractiva.

La primera opción me parecía bien, lineal y correcta. El lector estaría informado de todo lo que sucedía en el momento en que estuviera sucediendo. Sería la mirada del narrador omnisciente. Pero pensaba que restaría una de las intrigas más placenteras de un relato, que es la de acompañar a un personaje que no comprende nada del lío en que se ha metido. Un personaje en peligro, devanándose los sesos para encontrar la manera de escapar de él, y otro personaje que se ve metido en un mundo de locos y anda todo el rato preguntándose: «¿Qué está pasando?»

Cualquiera de estas otras dos opciones me obligaba a un *flash-back*: cuando Carmen y Guille, finalmente, se encontrasen (encerrados en un váter), deberían contarse mutuamente sus respectivas aventuras. Pero pienso que eso no representa demasiado problema para el lector actual porque el cine nos ha acostumbrado bastante a la técnica del *flash-back*. El problema era mío, porque tenía que decidir a qué personaje seguía. ¿A Guillermo o a Carmen?

Aunque sea un principio muy elemental, pensé que, probablemente, a las lectoras les gustaría más que me centrara en Carmen y los lectores preferirían vivir la aventura con Guillermo. La verdad es que me apetecía escribir los dos puntos de vista.

6

Y así, debatiéndome entre el «¿qué hago?» y el «¿qué hago?», resolví hacerlo todo a la vez.

El que quiera ver las cosas desde las alturas y conocer las claves de todos los misterios desde el principio, que lea este libro como se leería cualquier libro: desde la primera página hasta la última.

A quien le apetezca seguir las aventuras de Guillermo Reynal, que siga el orden de los capítulos numerados con el sistema arábigo: 1, 2, 3, 4...

Los que quieran meterse con Carmen Mallofré en un lío inexplicable, que se dediquen a los capítulos numerados con el sistema romano: I, II, III, IV...

Y, si la novela os gusta mucho, pero mucho, tanto como para repetir, podréis hacer las sucesivas lecturas siguiendo distintos itinerarios.

Que la cuestión es divertirse.

Índice

Capítulo 1 I

 **CARMEN**

Antes que nada, hay que contar que mi padre le había comprado a mi madre un collar que costaba seiscientas y pico mil pesetas, un pastón para la época[1], y a mí me dijo que lo había sacado de un *Todo a Cien.*

GUILLERMO
Y lo peor de todo: que Carmen se lo creyó.

CARMEN
¡Y yo qué sé! A mí me viene mi padre y me enseña aquel collar, que parecía hecho con lágrimas de lámpara antigua, y me dice:
—¿Qué te parece lo que he encontrado en un *Todo a Cien?*

---

1. Observad la acotación para generaciones futuras que, con seiscientas mil pelas, no podrán comprarse ni un helado.

Yo estaba a lo mío, escuchando en mi *walk-girl* [2] aquel tema de Leonard Cohen titulado *I'm your man* (¡con aquella voz que parece que te rasquen la espalda del alma!) y no tenía ganas de mantener largas discusiones sobre chorradas. Y como pienso que todo lo que puedes encontrar en un *Todo a Cien* es una horterada, pues le dije:

—Me parece una horterada.

Y él:

—Pues a mí me parece que da el pego.

Y yo:

—*If you want a boxer, I will step into the ring for you...*

Y mi viejo desapareció de mi vida y lo olvidé.

Hay que decir que mi padre es un bromista empedernido, un vicioso del bromazo, un retruécano viviente, para gran desesperación de mi madre, que es muy educada, muy de guardar las formas y de tener la casa ordenada y de quedar bien. Ella es una señora muy resultona y él es un padre muy divertido, y yo he heredado las habilidades de ambos, corregidas y aumentadas.

Hay que decir también que, aquel verano, mis padres iban a celebrar que hacía no sé cuántos siglos que se habían conocido, que hicieron manitas por primera vez, o que él se declaró hincando una rodilla en el suelo, y para celebrarlo nos íbamos a no sé qué punto de la

---

2. ¿Por qué voy a decir *walkman* si lo estaba escuchando yo y yo soy una *girl*?

Costa Azul, donde se había producido el trascendental evento.

O sea, que aquel collar de seiscientas mil púas era el regalazo de papá. Y, para no perder sus sanas costumbres, en lugar de hacer la entrega diciendo: «¡Toma, mira qué cosa tan carísima te he comprado, para que estés bien guapa!», como hace la gente vulgar, él lo mezcló entre la ropa que mamá se disponía a meter en la maleta. Estaba calculado que llegaríamos al escenario y marco incomparable de sus primeros devaneos precisamente el día del aniversario. Y, entonces, cuando mamá sacara la ropa de la maleta, ¡oh, sorpresa!, la joya caería al suelo.

—¡Oh, mira esto, querido!

—¡Vaya! ¡Qué sorpresa, querida! ¿Recuerdas qué día es hoy?

Yo no sé qué guión tendría preparado para el gran momento. El caso es que las cosas no salieron precisamente como tenía planeadas.

GUILLERMO

El hecho es que ni Carmen ni yo sabíamos nada del rollo del collar.

CARMEN

Y no nos enteramos hasta que ya era demasiado tarde.

GUILLERMO

Nosotros estábamos en otra cosa.

CARMEN

Nosotros estábamos, concretamente y para empezar ya, estábamos en un *love story* de aquí te espero. ¿Lo digo bien? O al menos eran los prolegómenos de un *superabracadabrante love story* entre Guillermo Reynal y una servidora de ustedes, porque cualquier cosa que naciera entre Guille Reynal y yo tenía que ser *superabracadabrante* por fuerza.

¿Cómo decir? Estábamos hechos el uno para el otro. Compartíamos aquel afán enfermizo por las bromas y las mentiras. A mí me venía de familia y a él le venía por generación espontánea, que acaso tenga más mérito. Y, desde el primer día de curso, nos miramos a los ojos y dijimos «Éste es de mi cuerda», y pusimos manos a la obra.

Nos hicimos famosos. Nos hicimos temibles. Nos llamaban «La Peste». «La Peste Alta» y «La Peste Baja», porque él es como un jugador de baloncesto y yo soy un retaco, en ese sentido hay una ligera desproporción. Y conseguimos ese punto de incredibilidad que tan felices nos hace a los bromistas profesionales. Quiero decir que nos dirigíamos a cualquier compañero y le decíamos cualquier cosa, por ejemplo: «Se te ha desatado el cordón del zapato», y, antes de reaccionar, el chico te estaba mirando a los ojos un par de minutos largos como preguntándose qué tramabas, qué le pasaría cuando bajara la vista para comprobar si realmente el cordón estaba suelto. Una vez has llegado a este estadio, gastar bromas es mucho más difícil, pero también tiene más mérito y da más gustazo, ¿no?

14

Eso sí: puntualizar que éramos bromistas de los buenos, que sabíamos distinguir total lo que es reírse DE alguien y reírse CON alguien. Nosotros procurábamos reírnos CON, nunca DE.

GUILLERMO
Excepto...

CARMEN
Excepto el superbromazo de final de curso, sí, sí, ya lo sé, lo confieso. Fue una pasada mundial. Pero, hasta entonces...

GUILLERMO
Hasta entonces, juego limpio, *fair play*, nada que decir.

Hay quien piensa que gastar un bromazo consiste en dejar al otro en ridículo despendolado, si me perdonáis la expresión, con una mano delante y otra detrás. Hay quien no sabe reírse si no es humillando o cabreando a un compañero. Personalmente, a mí me encanta gastar bromas pero, cuando veo cortada a mi víctima, así, colorada de vergüenza o de rabia, sin saber qué decir, no le encuentro maldita la gracia. Me sabe mal, vaya.

Durante el curso dijimos muchas mentiras, pero muchas, pero nunca nos propusimos engañar realmente. Luego resulta que la gente es mucho más ingenua de lo que nos creemos, la gente se cree unas bolas descomunales, pero eso ya no es culpa nuestra.

Por ejemplo, un día estoy yo hablando con unos co-

15

leguillas de clase, en el patio, y viene Carmen corriendo y dice: «¿No os habéis enterado? ¡El profe de Sociales es un extraterrestre!». ¿Quién se creyó esa trola? Nadie. ¿Quién se la iba a creer? Pero sirvió para jugar, para charlar sin decir nada, para pasar el rato. Es verdad que el profe de Sociales era un poco raro, que caminaba así, gacho, y tenía tics. Y que, desde aquel día nos hicimos adictos a las revistas de fenómenos paranormales y ufología y todo. Y, en una de ellas, encontramos la supuesta foto de un supuesto extraterrestre que se parecía al de Sociales. Y así hacíamos unas risas y eso, y yo no sé a quién se le ocurrió que a los extraterrestres les da el hipo al oír la palabra «Ganimedes». Nadie se puede creer una bobada así, claro. Pero eso no quita que, un día, entrara en clase la pava de Lucita Huesca, se quedara mirando al profe de Sociales y le soltara «¡Ganimedes!», y los dos se quedaron así, pasmados, mirándose fijamente a los ojos, como si quisieran hipnotizarse mutuamente. Y, al fin, la pava de Lucita se vuelve a los demás con aquella sonrisita de «ya lo sabía yo» y dice: «¿Veis cómo no?» Claro: ja, ja, ja, risas, ja, ja, ja, risas. Pero no era nuestra culpa, no sé, creo yo, me parece a mí.

O cuando nos inventamos que había tres sapos escondidos en el patio del cole y comentamos que sería divertido cazarlos y encerrarlos en una caja y soltarlos en la clase de Mates. Bueno, nosotros no movilizamos a nadie, no fue culpa nuestra que, al día siguiente, un montón de chavales anduvieran a gatas por todo el patio buscando sapos. A algunas chicas les daban asco los sapos y declararon que no iban a salir al patio para

16

nada hasta que los sapos estuvieran metidos en las cajas. Yo no sé quién hizo correr la voz (quizá fui yo, honestamente no me acuerdo) de que a los sapos se les cazaba dando palmas cerca de sus escondrijos. Y ya me tienes a todos los compañeros más simples dando palmas durante los recreos. Y en seguida salió uno que dijo que había visto a un sapo en tal sitio, y llegó un día en que los sapos estaban ya situados en puntos muy concretos de la geografía del patio. Y alguien dijo (no sé si fue Carmen) que, para impedir que los sapos salieran a deambular por ahí, había que poner en las entradas de sus nidos una mezcla de vinagre, mostaza y pipermint, y ya me tienes a un montón de compañeras con sus botellitas de brebaje misterioso, pidiendo a los novios que se acercaran a los agujeros de los supuestos sapos para poner un chorrito aquí y allí y eso. Bueno, cuando corrió la voz de que todo había sido un bulo (que tampoco hacía ninguna falta que corriera esa voz), todos se sintieron engañados y puestos en ridículo y no sé cuántas cosas más. Hubo algunos que todavía hoy aseguran que vieron a los sapos y que no era ningún bulo. Bueno, pues yo a eso no le llamo bromazo, ni siquiera broma pesada. Yo a eso lo llamo experimento social, estudio de reacción de las masas ante un rumor infundado, y me parece que alguien más sabio que yo tendría que sacar sesudas conclusiones en lugar de andar diciendo por ahí que si Carmen y yo éramos esto o aquello.

Ella y yo nos divertíamos, nos comunicábamos así y eso no tenía nada que ver con los demás.

CARMEN

Hay que confesar a calzón quitado (como decían los clásicos más groseros) que todo era consecuencia de la atracción mutua y la timidez.

Ya sabéis lo que pasa. Te gusta un chico y, como eres muy tímida, te pones a hablar con él de Matemáticas, por hablar de algo, por ligar, por romper el hielo, y venga hablar de Matemáticas, venga hablar de Matemáticas, hasta que, dos meses después, descubres que te has convertido en «la amiga experta en Matemáticas» y te invita a un helado cuando quiere hablar de logaritmos pero, cuando quiere hablar de amor, telefonea a la Repisa (esa compañera que nunca puede faltar, que parece que tenga un anaquel a la altura del pecho), también conocida entre las envidiosas como la *Estontería*. Eso produce una rabia creciente e inconsciente, que acostumbra a ir de semitirria a superfuria y que hace que, un buen día, el chico se dirija a ti, sonriente y guapísimo, diciéndote: «¿Qué tal tenemos hoy las ecuaciones?», y tú, sin motivo aparente, le sueltes «¡Evacuaciones, tu padre!». Y os quedáis los dos con un palmo de narices, él balbuceando «Oye, que yo he dicho ecuaciones...», sin entender nada, ni comerlo ni beberlo, y tú terminas llorando en un rincón y cantando el «Nadie me quiere, nadie me ama», lista para la camisa de fuerza.

Guille y yo éramos así de tímidos. Yo soy tímida de ponerme colorada y él es tímido de hablar en difícil para darse importancia, que a veces parece que hable en castellano antiguo. Y, en lugar de hablar de Matemáticas, gastábamos bromas. O nos montábamos películas, de-

18

cidlo como queráis. Fuimos cómplices en cantidad de fechorías. Nos reíamos, nos abrazábamos, conspirábamos, hablábamos por teléfono, nos pasábamos mensajes secretos en clase, como dos mirlos, pero como éramos tímidos, si alguien hubiera insinuado que estábamos enrollados, lo hubiéramos negado tres veces y nos hubiéramos reído a mandíbula batiente. Una risa un poco histérica, la verdad, pero nos hubiéramos reído.

Pasamos momentos muy emocionantes. Cuando nos inventamos que los «duros» de la clase celebraban misas negras en los lavabos de chicos... Hicimos correr la voz de que mataban gatos y tenían los cadáveres ocultos allí, bajo las baldosas. Y, cuando uno de ellos salía de clase para hacer un pis, sugeríamos que iba a realizar algún ritual espantoso. Se lo llegó a creer toda la clase y hasta alguno de los profesores, y conseguimos que nadie supiera de dónde había salido el rumor y que no nos partieran la cara, de forma que fue un éxito mundial. Casi nos lo creímos nosotros mismos. Contábamos que había un gato muerto en el depósito de uno de los váteres de los chicos y que olía a putrefacción y todo el mundo, cuando pasaba por delante de ese lavabo, aspiraba así por la nariz, snif, disimuladamente, y Guille y yo nos partíamos de risa. Y, entre risas y veras, llegamos a tener miedo de verdad. «¡No, no vayas, no vayas! Mira que si te descubren...»

La palabra es *complicidad*. Nos inventamos un lenguaje privado, entre nosotros, un lenguaje secreto, sacado de los tangos, a los que soy tan aficionada. Hablábamos *al vesre*, o sea, al revés. *Vesre* es *al revés* pero al revés. Por ejemplo: decíamos *feca con chele* en lugar de *café con leche* y, en vez de *pantalón*, *lontapan* (que luego se convirtió en *lontananza*, de forma que, cuando decíamos *lontananza* queríamos decir *pantalón*). *Rapalam, same, llasi, libo, broli, fepro,* etcétera. O sea, *mosbablaha isa y diena batacap lo que mosciade*, no sé si me entendéis. Guillermo llegó a ser un campeón. Se sabía todo el cuento de la Tacirupeca al vesre...

GUILLERMO

«Bai Tacirupeca por el quebos, la la tra, la la tra, docuan se poto con el bolo. ¿Dedon vas Tacirupeca?, jodi el bolo...».

Este idioma se lo inventó Carmen, porque le gustan mucho los tangos argentinos y dice que los delincuentes argentinos hablan así, al vesre, para que no los entiendan. Se lo inventó ella, lo perfeccioné yo y estipulamos una seña para avisarnos de que íbamos a hablar en vesre. Los ojos cerrados y la lengua fuera significaba «prepárate que va» y, acto seguido, paf, nos poníamos con el vesre. Y nos *mosdiatenen a las mil llasvirama*, era *dopentues*, era estupendo.

CARMEN

Bueno, yo no entendía ni gorda. Me tenía que pasar una hora pensando antes de encontrar la solución. Pero, vaya, un poco entrenada sí que estaba. Y así, sin decirlo, se había formado un pacto de caballeros y damas entre nosotros dos. Aunque nos gastáramos bromas, sabíamos que no había mala intención y, en todo caso, nunca fueron bromas pesadas...

20

GUILLERMO

Excepto...

CARMEN

Nunca tuvimos la intención de engañarnos, ni de hacernos daño, ni de ponernos en ridículo el uno al otro.

GUILLERMO

Excepto...

CARMEN

¡Excepto, sí, señor! *¡Excepto,* tienes toda la razón! ¡Anda, *excepto,* cuéntalo tú que te estás muriendo por contarlo!

GUILLERMO

Pues que nos fuimos a un pueblo de playa de viaje de fin de curso y todo iba bien, todo iba bien, y eso, y cuatro bromas inocentes, cuando nos vamos un día para una playa y yo estoy por ahí, no sé qué hacía, ah, sí, que dije que no tenía ganas de bañarme y me fui por ahí, solo, a preparar no sé qué...

CARMEN

Una broma estarías preparando. A saber con qué me habrías salido, si no llego a reaccionar yo primera.

GUILLERMO

Que, de pronto, cuando regreso me encuentro con que me vienen cuatro pavas y un pavo al encuentro, corriendo y gritando, despendolados y haciendo aspavientos: «¡Que Carmen Pestebaja se ha caído por un barranco, que Carmen Pestebaja se ha caído por un barranco!», y me llevan a un barranco pavoroso, con el mar al fondo, y yo me asomaba y no veía nada, abajo... Y las chicas llorando. «¡¿Y qué hacemos, y qué hacemos?!»

—Pues habrá que bajar, ¿no? —digo yo.

Y ellas:

—¡Estás loco! ¡Bajar por ahí! ¡Te vas a matar!

—Pues entonces, qué.

¿Qué hacer? Yo pensaba que Carmen podría haberse roto un brazo, que podía subir la marea y ahogarla, qué sé yo lo que pensé. Cada vez llegaban más colegas y me decían: «No bajes, no bajes, ya hemos llamado a la policía, ya vienen a recogerla...» Pero, ¿cómo íbamos a dejar a Carmen en el fondo del barranco...? Yo dije: «Yo bajo, vosotros haced lo que queráis pero yo bajo», y ahí me puse de escalador, sin cuerdas ni nada, ni corto ni perezoso, agarrándome a los cantos y a las ramas, jugándome el tipo...

CARMEN

Bueno, bueno, no exageres, que no había para tanto. Unos cuantos habíamos subido y bajado un par de veces para asegurarnos de que no correrías peligro de muerte.

GUILLERMO

Anda ya, no te enrolles, que dices eso porque te sientes culpable. Me jugué la vida por ti. No te gusta

22

que lo diga, pero me jugué la vida por ti. Qué vergüenza, madre mía.

Y llego abajo, a una playita que quedaba oculta por las rocas, que no se veía desde arriba, y allí me encuentro con todos los compañeros que estaban arriba, los pavos y las pavas, aplaudiendo, «¡bravooo!». Habían bajado por una escalera que había allí al lado.

Y Carmen. También estaba Carmen, que se partía de tanto reír. Y me dice: «¡Muy bien, tío, muy bien! ¿Pero por qué no bajabas por las escaleras, como todo el mundo?» Y yo, allí, engarabitado. Me sentó fatal. Pero no me sentó tan fatal la broma en sí, que no estaba mal, como las risotadas con que me recibisteis.

CARMEN
Di que aquel día estabas medio depre y más susceptible que de costumbre.

GUILLERMO
Di que fue una pasada equis-equis-ele, Carmen. Que lo hicieran los demás compañeros, aún lo entiendo. Era la venganza, lícita y comprensible, por los bromazos de todo un curso de *victimización*, bien, de acuerdo, donde las dan ya se sabe. Pero que me pusieras tú en ridículo, ¿tú?, eso no se hace.

CARMEN
Sí que fue una pasada. Una superpasada.

El pobre Guille, allí, mirándome con asco, y yo partiéndome los pechos de risa, y todos los colegas señalándolo con el dedo. Y Guille tragó quina, dio un cabezazo así, y empezó a meterse en el agua, chap, chap, chap, con zapatos y todo, agua hasta la rodilla. «Pero, Guille, ¿dónde vas?» Y bromeando («¡Adiós, mundo cruel!»), que hasta pensé: «Mira, se lo ha sabido tomar bien». Pero aquella mirada, aquella mirada... No me volvió a mirar a la cara ni a ninguna otra parte de mi cuerpo. En el tren de vuelta a Barcelona, se lió a conspirar con otros tíos y pasó total de mí. Al llegar a casa, lo telefoneé aquella misma noche y me dijo «No estoy», y me colgó. Y ya, al día siguiente, se iba para su pueblo, y se fue, y no lo pude ver más, y me dejó como recuerdo aquella mirada de asco. De asco.

Capítulo 16 II

CARMEN

Ya ha quedado claro que, respecto a Guille, yo estaba archifatal. Me sentía más culpable que el Estrangulador de Boston.

La tímida Carmenchu Metepatas de porquería, por hacerse la graciosa y llamar la atención del guapo de la peli, tuvo que tragarse aquella mirada de asco, como un salivazo en el ojo, y se quedó triste y sola, arrastrando los pies por los pasillos de casa y, encima, soportando las bromitas de papá.

Tenía que reparar mi pifia, eso estaba escrito.

Los primeros días de aquel verano funesto estuve entretenida en darme cabezazos contra la fachada de casa, que es de granito. Cuando me aburrí de hacer penitencia, empecé a pensar en una forma de recuperar el favor de mi Guille y descubrí en esas reflexiones una buena manera de superar la depre. Eran pensamientos positivos, ¿comprendéis? Pensamientos positivos para contrarrestar las ganas catastróficas de meterme para siempre jamás en una secta destructiva. Una secta bien destructiva, para destruirme bien destruida. La buena noticia, la que despejó las nubes del horizonte y me permitió empezar a atisbar el sol, fue que, con mis padres, íbamos a ir de vacaciones a ese pueblecito de la costa francesa del que ya os he hablado, *Noséqué-sur-Mer*. Sólo con que nos desviáramos un poco de nuestro trayecto, pasaríamos por La Coma, el pueblo donde estaba Guillermo Reynal.

Cuando se lo propuse, mi padre dijo:

—Bueno... Eso nos obliga a dejar la autopista y dar mucha vuelta por carreteras comarcales...

Y entonces, yo, superseductora:

—Va, papá, *porfa*, quiero pasar por La Coma, *porfa*, que tiene unas ruinas arqueológicas muy interesantes, que tiene un riachuelo cantarín, que tiene el gran premio de motocross de la comarca...

Nada. A mi padre no le interesaba la arqueología, la geografía ni el motociclismo.

—Va, papá, *porfa*, te lo suplico de rodillas, que allí vive un chico que necesito ver sin falta, necesito verlo con archiurgencia...

Pero mi padre pensaba que yo era muy niña todavía para necesitar a ningún chico con archiurgencia.

De manera que tuve que convencerle diciendo:

—¡Que se trata de gastarle una broma!

Ahí sí. Los ojillos de mi padre se llenaron de chiribitas, en su boca floreció una risita de entusiasmo y, al poco rato, estaba riendo a carcajadas. Las bromas son su punto flaco.

Una broma, claro. No había otra forma de reconciliarme con Guille. No pensaréis que iba a visitarle con una cajita de bombones, toda modosita, balbuciendo:

—Oye, Guille, que mira, que, esto, siento mucho lo que te hice...

No, no. Una broma. Una superbroma de reconciliación. Una broma pensada científicamente. Una broma de las llamadas *de enunciado*, que no tenía por qué llegar más allá. Que se la oliera en cuanto me viera en la puerta de su casa, en cuanto yo pronunciara las primeras palabras.

«¡Necesito que me ayudes, Guille! ¡Que me persigue la mafia!»

Y, así, como es él: ¡ja, ja, ja! Y caer el uno en brazos del otro, como por casualidad. Luego, me pondría seria y le pediría perdón, y luego, SWAK, o sea, *Sealed With A Kiss*, y os juro que no hablaríamos de Matemáticas.

Por un día (o por una tarde, o por unas horas, que los jóvenes nunca podemos disponer de nuestro tiempo), hasta que mi padre viniera a buscarme, disfrutaríamos de las vacaciones de los padres de Guille, que se habían ido a Australia, según habían proclamado a voces durante todo el curso a todo el que quisiera oírles.

Esto es importante.

«¿Dónde vais a pasar estas vacaciones de verano?... Oh, qué original. Nosotros nos vamos a Australia... Bueno, sí, es un poco lejos, pero Australia nos parece un país muy excitante, muy estimulante, muy interesante...»

Y a él le amenazaban con dejarlo solo en casa si suspendía una sola asignatura. «A ver si suspendo...»,

28

decía Guille con frecuencia, mientras se frotaba las manos como quien se hace ilusiones.

Los padres de Guille, a diferencia de los míos, se tomaban muy en serio lo del cole de su hijo y siempre estaban por el insti, en reuniones de la APA[1], o colaborando en fiestas, o aplaudiendo entregas de premios de lo que fuera. Y, en todas esas ocasiones, cuando escuchábamos la voz puntiaguda de la señora Reynal, sabíamos que en seguida saldría el tema del ocio estival y que acabaríamos hablando de canguros, de coalas y de bumeranes. En una ocasión, creo recordar que tu madre trató de iniciar una conversación, durante una reunión, abordando a un grupo de desconocidos con estas palabras: «¿Sabéis si en Australia hay ornitorrincos?»

Tú, Guille, no me dejarás mentir...

GUILLERMO
Es así. Es tristísimo, pero es así.

CARMEN
El caso es que ese anhelado viaje a las antípodas, combinado con una más que previsible catarata de suspensos, obligaba a Guille a sacrificarse y a quedarse *solanas* en su casita. Al fin y al cabo, ya era mayor, sabía freírse un par de huevos y sabía marcar con su dedito índice el número de teléfono de pizzas a domicilio, de manera que no necesitaba para nada a sus padres

---

1. Ya sabéis que esto significa Asociación de Padres de Alumnos.

y tampoco se atrevería a pedirles que cancelaran aquella magna aventura sólo por su mala cabeza.

Él, feliz, claro, ya os podéis imaginar. Ya se veía un verano espléndido, atiborrándose de pizzas ante el televisor.

Y, para que no le faltara de nada, su amiga la bromista, servidora de ustedes, le iría a visitar con intenciones reconciliatorias. Vestido ajustado, minifalda, discretos toques de maquillaje y un puñado de intenciones reconciliatorias.

Todo esto último no se lo dije a mi padre. Mediante evasiones y vagas alusiones, dejé que supusiera que los padres de Guille iban a estar presentes y que no les importaría que yo me presentara desmelenada y diciendo que me perseguían los miembros de una mafia internacional. Exclamó, muy interesado: «¡Ah, ¿ellos también son de la broma?!»

¿Qué clase de malhechores me perseguirían? Encontré la respuesta a esta pregunta cuando andaba enredando por el dormitorio de mis padres. Por no sé qué motivo, mi madre había vuelto a sacar la ropa que había metido en la maleta el día anterior y había salido del dormitorio a buscar alguna cosa en alguna otra parte de la casa. No me preguntéis por qué cogí yo el vestido verde botella. Digamos que me gusta mucho y que me pregunté si me iría bien y si mi madre alguna vez me lo dejaría y, al tirar de él, zas, cayó el collar al suelo. El collar de *Todo a Cien*, quiero decir.

Supuse que mi padre se lo habría enseñado a mamá igual que me lo había enseñado a mí: «Mira lo que he comprado en un *Todo a Cien*»; y ella le habría dicho: «Una horterada», y por eso lo habían dejado allí tirado y olvidado, entre la ropa. Eso pensé yo. Un collar de seiscientas mil pesetas no se deja tirado de cualquier manera. Así que lo cogí y me lo llevé a mi cuarto.

La verdad es que daba el pego. Yo no sé distinguir un diamante de un cubito de hielo, pero si alguien me hubiera asegurado que aquellos pedruscos eran diamantes, me lo habría creído.

El guión iba tomando forma. Me perseguiría una banda de ladrones de joyas. Y, como prueba, le enseñaría a Guille aquel magnífico collar. «¡He visto cómo asesinaban a una persona para arrebatarle este collar!», le diría. ¿Y cómo vino a parar el collar a tus manos? Buena pregunta. Soy buena lectora de novelas policíacas. Algo se me ocurriría. «¡Soy testigo de un asesinato! ¡Me persiguen para matarme porque *sé demasiado!*» Guille no se creería ni una palabra, pero se engancharía a la historia, me seguiría la corriente, haríamos unas risas. Y, cuando estuviéramos haciendo las risas, tenía que llamar mi padre y pegarle el susto final: «Sabemos que Carmen está ahí. Vamos a por ella. Y más vale que no llaméis a la policía ni opongáis resistencia.»

Y, luego, ja, ja, ja, ya sabéis cómo es Guille.

Sí, sí, ja, ja, ¿pero qué hará? ¿Me entregará a los villanos o decidirá exponer su vida otra vez para salvarme?

¿Comprendéis la referencia, la velada alusión? Él había hecho el ridi por salvarme y ahora yo le proponía una reconciliación en términos semejantes. «Sálvame, ayúdame» y, para salvarme, tienes que darme asilo en tu casa. No me envíes a hacer gárgaras, no me eches a las fauces de los gánsters hambrientos. A ver qué hacía.

Tatachán. Éxito seguro, Carmenchu. Yo me las prometía archifelices.

Y todo se fue cumpliendo conforme a lo previsto. Tal día cargamos el coche con toneladas de bártulos, sombrillas, maletas, bolsas, biquinis y patitos de goma, y mi padre se sentó al volante, mi madre a su lado con el mapa, en plan copiloto de rally, y yo detrás con mi *walk-girl* y temblando como un flan.

Mi madre preguntó:

—¿Cómo es que vamos a dar ese rodeo de pasar por La Coma?

Y mi padre:

—Hay unas ruinas arqueológicas estupendas.

Y mi madre:

—¿Y desde cuándo te han interesado a ti las ruinas arqueológicas?

Y yo miraba al techo y tarareaba no sé qué tema de El Último de la Fila.

Mi madre frunció el ceño y la boca, y miraba de reojo y se tocaba la comisura de los labios y se frotaba las yemas de los dedos, en una actitud que delataba su desconfianza.

—No será una de tus bromitas, ¿verdad?

Y mi padre:

—¿Bromitas? ¡No, no, claro que no! ¡Cómo se te ocurre!

Porque en mi familia estaban prohibidas las bromas

32

desde mitad de curso. Mi tutor había escrito una carta quejosa y chivata: «Como no vienen ustedes a las reuniones de la APA[2], tengo que comunicarme con ustedes por escrito...» Y, a continuación, el chorreo. Que si su hija tal día hizo tal cosa, que si su hija tal otro día hizo tal otra cosa, total nada, bromas inocentes, sin malicia, pero que deben de estar directamente relacionadas con el bajo rendimiento de una chica que «podría dar mucho más de sí».

Y ya tenéis a mamá disparándose como un resorte al leer la palabra *bromas* y acusando a mi padre de ser «una mala influencia, siempre con tus bromitas, siempre con tus bromitas».

—... ¡O sea que prohibidas las bromitas en esta casa!

—Pero, mamá, ahora que es verano y no hay clases...

—¡Aunque sea verano! ¡Aunque no haya clases! ¡Se acabó! ¡Que ya eres mayorcita para estas tonterías y chiquilladas!

Yo podría haber replicado que papá era más mayorcito que yo y ahí estaba, pero soy noble y bastó una mirada de reojo para comprender que un oportuno silencio por mi parte siempre sería recompensado.

—No será una de tus bromitas, ¿verdad?

Y mi padre:

—¿Bromitas? ¡No, no, claro que no! ¡Cómo se te ocurre!

Las calles de La Coma estaban llenas de atronado-

---

2. A-so-cia-ción de Pa-dres de A-lum-nos. Quede claro.

res altavoces que difundían música de Dire Straits y, de vez en cuando, la interrumpían para anunciar la competición de motocross que se celebraría aquella tarde en unos barbechos cercanos y que concluiría a las ocho en la meta fijada en la plaza mayor.

Pancartas de lado a lado de las calles daban la bienvenida a los forasteros y carteles pegados en paredes y árboles anunciaban la celebración de la fiesta del santo patrón e informaban de los diferentes eventos que amenizarían la jornada: sardanas, carreras de sacos, carreras de burros, de motocross, concierto a cargo de la banda municipal, baile a cargo de la Orquesta Centelleos y fuegos artificiales.

El pueblo, lleno. Gente por todas partes. Forasteros de mambos multicolores, pantalón corto, sandalias y calcetines. Cámaras fotográficas y *handycams* por doquier. En una calle, un mercadillo donde se mezclaban los puestos de medias con los de perritos calientes y olor a fritanga.

Mi padre anunció que iríamos a comer a un restaurante del centro del pueblo que venía recomendado en un par de guías. Comida ampurdanesa: carne y pescado. Luego, la broma y, luego, antes de que oscureciera, continuaríamos la ruta. Bueno, estaba bien. Yo hubiera preferido disponer de más tiempo para reconciliarme con mi amor perdido, pero menos daba una piedra. No sé si os habéis percatado de que mi padre, el Risas, andaba últimamente un poco preocupado por las relaciones que yo pudiera mantener con mis compañeros de clase. Se pasaba el día diciendo que yo ya no era una niña (y de ahí derivaba una serie de som-

34

brías reflexiones) y que era muy niña aún (y de ahí derivaba una serie de prohibiciones más sombrías aún).

Bueno, vamos allá. Bajo del *buga* y, ¿a quién me veo venir de frente, tan campechano?

¡Ni más ni menos que a Guille!

¡Socorro!

Me metí debajo del coche como si estuviera reparando la caja de cambios (o poco menos). Mi padre, que me estaba ofreciendo no sé qué para que lo sujetara, «toma, aguántame esto», se quedó petrificado a medio gesto y preguntó a mamá: «Oye, ¿dónde se ha metido la nena?» Y yo, restregando mi cara contra el barro: «Que no me vea, que no me vea.» Por suerte, Guille entonces no conocía a mis padres que, como digo, nunca ponían un pie en el insti. Pasó.

Y yo: «¿Me habrá visto o no me habrá visto?»

Y mi padre:

—¿Qué estabas haciendo?

—Me estaba atando el cordón del zapato.

—¿Qué cordón? ¿Qué zapato?

Yo calzaba unas chinas.

«¿Me habrá visto o no me habrá visto? Si me ha visto, ¿se habrá ofendido más todavía al ver que no lo saludaba?»

Bueno, mejor, así le pillaría más de sorpresa mi reconciliación.

Lo que nos íbamos a reír.

Capítulo 2 XII

GUILLERMO

Los ladrones se presentaron a la hora de comer.

Era el día del santo patrón de La Coma y el concejal de Cultura del Ayuntamiento, que era propietario de una tienda de motos, había organizado una carrera de motocross. Los campeones locales darían unas cuantas vueltas en un descampado de las afueras, conocido con el nombre de Desierto de Gobi y, cuando menos lo esperasen los ciudadanos más apacibles, irrumpirían en las calles del pueblo a todo meter y terminarían en plena plaza mayor, que era donde estaría situada la meta; casualmente, delante de la tienda de motos del concejal en cuestión, quien suponía que los ciudadanos, entusiasmados ante la exhibición, en cuanto se hubieran dado las copas y repartido los besitos de las bellezas locales, se precipitarían a su establecimiento para agotar las existencias.

Mis padres se lamentaban porque nuestra casa estaba precisamente en la plaza mayor, junto a la susodicha tienda de motos, y afirmaban que el ruido de los moteros nos volvería locos antes de que hubiera llegado el más rezagado.

No paraban de protestar.

Hacía días que no paraban de protestar. Todo les parecía mal. Desde que habían tenido que renunciar a sus tan cacareadas vacaciones en Australia, porque no les llegaban las economías. Habían despertado la envidia de medio país, se habían hecho ilusiones, me había hecho a mí tener ilusiones de quedarme solito en casa durante el largo verano y, llegado el momento, nos habíamos quedado todos con las ganas. Decían a quien quisiera escucharlos que no se iban de viaje porque yo había suspendido, pero la cruda realidad es que, llegada la hora de apoquinar, hicieron números y resultó que viajar a Australia no era tan barato como les habían asegurado. Se pillaron una rabieta como de aquí a Sidney y yo tenía que pagar sus malos humores.

—Por tu culpa, por tu culpa...

—¿Pero qué por mi culpa, si ya habíamos decidido que yo me quedaba aquí solo...?

—¿Pero qué decidido ni decidido? ¿Cómo te vas a quedar solo en casa? ¡Anda, anda, no digas tonterías y siéntate a la mesa, que se pega el arroz!

Mi gozo en un pozo, ya os podéis imaginar el calvario. Yo, que me las había prometido tan felices, me veía condenado a un verano en compañía de unos padres frustrados y enfurecidos, que me agarrarían de la nuca y me clavarían la nariz en los libros hasta el día anterior a los exámenes.

Mi padre, enfurruñado, exigía silencio chistando in-

37

tolerantemente, y subía el volumen de la tele y, a veces, exclamaba: «¡Callaos, que no me dejáis ver!» Estaba absorto contemplando un emocionante partido de polo que se celebraba en aquel preciso instante en algún país anglosajón. Maldita la gracia que le hacía el polo a mi padre.

A mi madre se le había pegado el arroz, como era de esperar. Y la culpa también era mía, claro está. Todos estábamos que bufábamos. Supongo que en algún momento deseé que sucediera algo terrible que nos arrancara de aquella rutina insufrible. Y, entonces, se abrió la puerta y entraron los ladrones.

Estábamos sentados a la mesa, ante unos abundantes platos de arroz (pegado) a la cubana, con su huevo frito y su plátano frito y su salsa de tomate y todo, y en la tele continuaban galopando los campeones mundiales de polo y, de pronto, alguien abre la puerta. Criccrac.

Levantamos la vista y nos miramos como si cada uno de nosotros contara a los miembros de la familia para saber cuál era el que llegaba tarde a comer. Pero no había mucho que contar. Papá, mamá y Guillermo. No había más. ¿Quién era el que entraba?

Sorpresa. «Buenas tardes, somos los ladrones, no se molesten, no se levanten...»

Ellos se quedaron tan o más engarabitados que nosotros. Claro: se creían que estábamos en Australia. No había derecho: todo el año proclamando que nos iríamos a tirar miguitas de pan a los canguros y allí estábamos, comiendo arroz (pegado) a la cubana, desbaratando sus planes.

El que entraba primero (aquel que en un principio bauticé como el Cerebro) exclamó «¡cachislá!» y se puso a buscar algo en el bolsillo desesperadamente. Algo que se le enganchó en la ropa y que no atinaba a sacar. Yo creo que, tanto mis padres como yo, tardamos tanto en reaccionar porque pensábamos que iba a extraer algún documento que justificara satisfactoriamente su presencia allí. Diría: «Es que soy fulano de tal, del departamento de noséqué y estoy aquí por este motivo», y nos quedaríamos tan satisfechos. «Adelante, adelante, siéntense, ¿quieren un poco de arroz?» Pero no. Lo que sacó aquel filibustero del bolsillo fue una pistola.

Una pistola. Que se dice pronto. Una PISTOLA, con mayúsculas.

Y nos encañonó con ella.

—¡Manos arriba!

Y a mi madre le dio un ataque de risa.

Siempre le sucede, pobre mujer. Su forma de manifestar los nervios es una carcajada interminable y sonora, una especie de alarido divertidísimo que siembra la confusión a su alrededor. Hace tiempo que no asistimos a ningún funeral porque se creaban unas situaciones muy incómodas. Normalmente, mi madre no es muy de la risa, es más bien seria y tiene poco sentido del humor. Eso hace más chocante esa reacción tan inesperada. No se trata de una risita discreta o soportable, ni siquiera de algo campanilleante y elegante, no, no. Son unas carcajadas explosivas, carcajadas de lágrima y de sujetarse los ijares, carcajadas contagiosas y embarazosas.

Dos tipos nos encañonaban con sus pistolas y nos contemplaban con media sonrisa, desconcertados, y no pudieron evitar la pregunta que siempre se le ocurre a todo el mundo:

—¿De qué se ríe?

—No, no, de nada —dijo mi padre, como dice siempre—. Son los nervios.

—¿Pero qué nervios? ¿Pero de qué se ríe?

—No es nada personal, no se lo tomen a mal...

Y ella: «ja, ja, ja».

Los instantes dedicados a la risa de mi madre nos impidieron entrar en materia inmediatamente, y yo los empleé para observar a los tres recién llegados. Me resultaron muy prototípicos, estereotipados, la realidad copiando al arte.

El Cerebro podría ser el prota de la película o, al menos, un digno antagonista. Alto, fuerte, elegante, de expresión dura (se da por supuesto que todo delincuente debe tener la cara dura) pero noble. Calvo, afeitado y bien afeitado, chaqueta cruzada azul, pantalón gris, corbata roja, mocasines Sebago. Él llevaba la voz cantante:

—¿Pero qué es lo que le hace tanta gracia?

El segundo también era un topicazo. Alto y grueso, tripón, el gorila de la banda, el encargado de los trabajos sucios. Estaba un poco pasado de quilos, y resoplaba y sudaba aun antes de haberse puesto a trabajar. Llevaba un jersey de lana gruesa y de cuello cisne que se había subido inmediatamente para taparse la nariz. El gesto no tenía ningún sentido porque sus ojos y su ridículo peinado en espiral, modelo ensaimada, para disimular una calva incipiente, resultaban inconfundibles. El tercero era como el tío del pueblo que ha llegado de visita. Rostro oscuro y tosco, mal afeitado, ojillos pequeños, boca desdentada. Resultaba desconcertante que no usara boina ni faja ni alpargatas. Uno se preguntaba dónde las habría dejado. Pero, bueno, llevaba camisa a rayas abrochada hasta el cuello y sin corbata, que también es bastante característico. Y la chaqueta no sé si alguna vez le había sentado bien, pero había metido tantas cosas y tan pesadas en sus bolsillos y la había dejado tirada tantas veces en cualquier parte y tantas noches había dormido con ella puesta, que aquel pingo seguramente no guardaba ningún parecido con la prenda que había comprado años atrás en un mercadillo de pueblo. Miraba alrededor como buscando algún lugar donde dejar las bolsas y maletas que ocupaban sus manos. El equipaje, por lo visto, pesaba lo suyo.

—¿Dónde está el sótano?

—Venga, mamá —decía mi padre, que ya llamaba mamá a mi madre incluso antes de que se muriera la abuela—, venga, mamá, no te rías, mujer, va, tranquilízate, que no hay para tanto. Guillermo: enséñales a estos señores dónde está el sótano. No te rías, mamá, que estos señores se van a enfadar.

Se le habían pasado todos los enfados de golpe. Solía ocurrirle, cuando se encontraba con una autoridad superior a la suya. Por ejemplo, cuando quería discutir con un guardia que le ponía una multa. Estaba claro que no teníamos la menor intención de ofrecer resistencia.

Pasé entre los tres intrusos sintiendo muy cerca, demasiado cerca, el peso de las dos pistolas en sus manos. Salí del comedor y me dirigí a la puerta de entrada.

El Cerebro me echó el guante:

—¡Un momento! ¿Dónde vas? —me agarró del hombro y pegó un tirón.

—Al sótano —le respondí, tartamudo.

La puerta del sótano está a la derecha de la puerta de entrada según se entra, a la izquierda según estábamos nosotros. Está delante de la escalera que sube al segundo y tercer piso. La señalé.

—Al sótano, voy al sótano.

—Sin bromas. ¡Tú! —el Cerebro dio un codazo al Gorila—. ¡Que la señora pare de reír y me la bajas al sótano, con el marido!

En seguida, me metió la mano en el bolsillo.

—¡Las llaves! —me exigió—. Tendrás llaves de la casa, ¿no?

Sí que tenía. Y había otro juego colgado de un gancho, junto a la puerta. Una de esas tablas de madera, tan graciosas, donde se lee: «¡Aquí están las malditas llaves!». Ja, ja.

El Cerebro se apoderó de todas ellas y se adelantó para cerrar con doble vuelta la puerta que daba a la calle.

Bajamos al sótano. Yo delante. El Cerebro detrás, haciendo los típicos comentarios: «No hagas tonterías, te estoy encañonando con la pistola, no te pierdo de vista», etcétera.

Papá llama al sótano «la bodega», porque allí tenemos un botellero con una docena de botellas de Rioja y de Ribera del Duero y dos botellas de Anna de Codorniu. También lo llama «el taller» porque una vez le dio por hacer bricolaje y se compró una mesa enorme, de madera maciza, y un par de toneladas de herramientas rarísimas. Llegó a construir un escritorio para mi habitación. El día que nos lo enseñó a mi madre y a mí, dijo: «Ya sé que no es muy bonito, pero es sólido, te durará toda la vida.» Entonces, se apoyó en el escritorio, y el escritorio se vino abajo con un ruido infernal, y mi padre se rompió un brazo y no volvió a dedicarse a la ebanistería ni al bricolaje. Solía decir «yo ya estoy muy viejo para aprender desde cero: este equipo será para ti, hijo mío». Y yo: «Sí, sí.»

También llamaba al sótano «el anticuario» o «el museo» porque, cuando compramos el comedor nuevo, mamá dijo que el viejo era demasiado bueno, de madera noble y de estilo, como para tirarlo al contenedor o malvenderlo. Y bajó al sótano la mesa, las sillas, el aparador, el bufete, la vitrina, la librería, el revistero, la lámpara de pantalla de pergamino y qué sé yo cuántas cosas más que se apilaban allí para alimento de la carcoma.

Añadid, a todo lo dicho, juguetes de mi infancia, una bicicleta oxidada, las alfombras de invierno enrolladas en un rincón, las cañas de pescar, una cafetera de bar enorme que le vendieron un día a mi padre y no supimos dónde meter y ni siquiera llegamos a estrenar; aderezadlo todo con unas cuantas telarañas y con luz turbia de fluorescente lechoso y, si os digo que el sótano era de reducidas dimensiones, os formaréis una idea del lugar al que fuimos a parar.

El Cerebro me obligó a pegarme a la pared, junto a la escalera. Dejamos paso al campesino de las pesadas bolsas, a quien en seguida bauticé como el Especialista. El Cerebro le preguntó:

—¿Cuál es la pared?

Y el otro se orientó con gestos de pionero tomando posesión de un valle. Levantó la barbilla, como olfateando, miró a lo alto de las escaleras, señaló un punto del techo con la mano derecha, otro punto del techo con la mano izquierda y sentenció, al fin, dirigiéndose a la vitrina del comedor antiguo:

—Ésa es la pared —se refería a la pared que quedaba detrás del mueble.

—Pues manos a la obra, que no tenemos todo el día.

Mis padres bajaban la escalera, conducidos por el Gorila. Mamá venía llorando en silencio, como suele suceder después de una larga sesión de carcajadas. Papá casi venía contento.

—Tranquilo, Guillermo —decía—. Tranquilo, que no pasa nada. Que dice que a nosotros no nos van a quitar nada.

—¿Ya se lo has dicho? —se quejó el Cerebro.

—Qué más da que se lo digas tú o que se lo diga yo.

—Quería decírselo yo.

Aquel sótano ya parecía el camarote de los Hermanos Marx. Para sus reducidas dimensiones, seis personas, el cincuenta por cien de las cuales de dimensiones superiores a la media, era una muchedumbre.

Más aún cuando el Especialista se puso a mover los muebles de un lado para otro, sin demasiados miramientos, tratando de despejar la pared en cuestión.

Me dijo mi padre:

—Sólo quieren entrar en el banco de al lado.

El Cerebro perdió la paciencia:

—¡¿Pero quiere callarse, hombre?! ¿Por qué no dejan que sea yo quien explique la situación?

Hablaba con tanta autoridad y parecía tan enfadado que nos encogimos un poco y guardamos silencio.

De una de las cajas de herramientas que traía el Especialista, el Cerebro sacó una cinta adhesiva de las que se usan para empaquetar. Se la dio al Gorila.

—Átalos a las sillas —ordenó.

Al oírle, a mi madre se le escapó un «jijijí» que se convirtió en otro aluvión de risas irreprimibles. En un lugar tan pequeño y con tanta gente, las carcajadas sonaban más estentóreas.

—Por el amor de Dios —dijo el Cerebro.

—Por el amor de Dios, mamá —repitió mi padre, azorado.

El Gorila había sentado a mamá en una silla y la estaba envolviendo con la cinta elástica. Pero tenía dificultades porque, además de tropezar continuamente con personas y cosas, se empeñaba en hacerlo con una sola mano. Con la otra mano, se sujetaba el cuello cisne del jersey de lana por encima de la nariz.

—¿Pero qué te pasa? ¿Qué haces? —se quejó el Cerebro, gritando para hacerse oír por encima del estruendo que formaban los muebles en sus desplazamientos.

46

—Es que se me cae el embozo y me van a ver la cara.

—¡Pues que te vean la cara! ¿Qué más da? ¿No me la están viendo a mí?

—¡Tú haz lo que quieras! ¡Ya os dije que os trajerais pasamontañas, o antifaces o caretas!

—¿Por qué nos íbamos a traer todo eso si veníamos a una casa vacía?

Esta reflexión activó una cadena de pensamientos funestos en mi caletre. No iban enmascarados. Eso quería decir que mis padres y yo éramos testigos muy molestos, que podríamos identificarlos en las fotos de *casting* de la policía. Cientos de libros y de películas me habían enseñado que ese detalle podía poner en peligro nuestras vidas.

El Cerebro desvió su furia contra mis padres:

—¿Y se puede saber qué hacen ustedes aquí? ¿No tenían que estar en Australia?

Mamá no podía responder porque se estaba tragando la risa a pequeños sorbos, en una especie de sollozo estrafalario. Dijo papá:

—Es que el niño ha suspendido cuatro, ¿sabe?, y se tenía que quedar a estudiar. Y, claro, fastidiado uno, fastidiados todos.

Bueno, yo ya estaba harto. Y allí todos estábamos nerviosos:

—¡Oye, papá, si no habéis ido es porque no teníais un duro!, ¿eh? ¡Ya estoy harto de que me eches la culpa de todo!

A mamá se le escapó un chorrito de risa otra vez. Mi padre dijo, exasperado e imprudente:

—¡Qué tontería! ¿Quién dice que no tenemos ni un duro?

Yo:

—¡A ver si también voy a tener la culpa de que estos ladrones se nos hayan metido en casa!

Y el Cerebro gritaba:

—¡Bueno, basta ya! ¡Basta ya, tengamos la fiesta en paz!

Pero nadie le hacía caso.

—¿Alguien puede echarme una mano? —solicitó el Especialista, que ya se había quitado chaqueta y camisa y sudaba a mares y parecía un currante de la construcción.

—¡Venga, vete a ayudarle tú! —ordenó el Cerebro al Gorila, y a mí me dio un empujón—: ¡Y tú también, anda! ¡Despejad esa pared del fondo! —me retuvo de la manga—: Ésa es la pared que da a la cámara acorazada del banco de al lado, ¿no?

Sí lo era y, por eso, dije que sí.

—¡Claro que es la pared! —exclamó el Especialista, ofendido—. ¿No te lo he dicho yo? ¿Por qué tienes que hacer comprobaciones? ¿Es que no te fías?

—A ver, ¿qué hay que hacer? —preguntó el Gorila, para interrumpir la discusión.

El Especialista nos puso a mover muebles. Para hacer sitio, había que levantarlos y apilarlos y pesaban mucho. En el esfuerzo, al Gorila se le enrolló el cuello cisne y pude comprobar que su cara era exactamente como me la había imaginado.

Entre tanto, el Cerebro inmovilizó a mis padres con la cinta adhesiva, sin manías. Creo que mi padre trató

48

de darle conversación, para demostrar su buena voluntad, pero el otro ni le respondió. Yo creo que le hacía ilusión soltarnos un discurso y le fastidiaba que el Gorila lo hubiera chafado contándonos el final. Pero le iba dando vueltas en la cabeza, y no podía resignarse y, cuando tuvo atados a mis padres, se animó a demostrar quién mandaba allí.

—¡Anda, ven acá, tú, chico! —me llamó.

Me había preparado la silla para atarme a mí también.

—Siéntate —procedió a envolverme con la cinta adherente—. Y ahora, escuchadme los tres. Si no gritáis, no os pasará nada...

Podría haber estado hablando mucho más rato, pero le interrumpió un timbre que sonaba arriba.

—A ver, espera, quietos, callad, ¡silencio!

En el silencio, el timbrazo se oyó mucho más fuerte, claro.

—Teléfono —anunció mi padre, por inercia.

El Cerebro miró a sus cómplices.

—Habrá que contestar, ¿no? —dijo el Gorila.

—¿Por qué? —preguntó el Cerebro—. Déjalo que suene.

El Gorila levantó los hombros.

—Yo contestaría —dijo.

—¿Por qué? —insistió el Cerebro.

Tenía muy mal genio, aquel Cerebro, de manera que nadie respondió. Durante tres timbrazos, nadie pestañeó. Todos permanecimos muy quietos, mirando fijamente lo que teníamos delante.

El teléfono dejó de sonar y todos nos movilizamos

buscando, con las miradas, quién reaccionaría primero.

El teléfono volvió a sonar, provocándonos un sobresalto, y volvimos a quedarnos quietos como estatuas.

Todos excepto el Cerebro, que salió corriendo escaleras arriba. Le falló un pie y estuvo a punto de dejarse los dientes contra el tercer escalón, pero en seguida continuó subiendo hasta desaparecer en las alturas.

Capítulo 17 III

 **CARMEN**

Acabamos de comer y yo, sin limpiarme los morros ni nada, me lancé al teléfono más próximo, que era el del propio restaurante, y marqué el número de mi amigo Guille Reynal.

Estaba tan nerviosa que no tendría que interpretar ningún papel cuando le dijera que tenía un grave problema y que necesitaba su ayuda. *Es que tenía un grave problema y necesitaba su ayuda.* Dicho en plan cursi: había perdido a mi amor y lo estaba buscando, ¿sabes tú dónde está?

No contestaban. ¿Sería posible? Era la hora de comer, la más intempestiva del mundo, cuando siempre encuentras a alguien en casa con la boca llena. La señal acústica varió, impacientándome y diciéndome que ya estaba bien. Corté la comunicación. Seguro que me había equivocado al marcar. Los nervios. Marqué otra vez con mucho cuidado.

Esperé. Un timbrazo, dos timbrazos. No pensaba

aceptar un «no hay nadie en casa» como respuesta.

—Diga —me atacó de pronto una voz masculina, bronca, como para hacer de bajo con los *Golden Gate Quartet*. ¿Quién sería el tío?

—Ah, ¿está Guille?

—¿Guille? —se extrañó el hombre.

—Sí, Guillermo Reynal.

¿Me había equivocado de número?

—Ah, no.

Ahora comprendía el hombre, y no comprendía yo. ¿Cómo que no?

—Los señores Reynal no están en casa. Están en Australia.

—Los señores Reynal están en Australia, pero Guille no está en Australia —me atreví a corregir.

—Todos están en Australia.

—¿Y usted quién es?

—Soy del servicio de limpieza. Nos ocupamos de la limpieza a fondo de las casas mientras sus propietarios están de viaje. Utilizamos productos cáusticos y tóxicos y tenemos que trabajar mientras no hay nadie...

Entonces, lo comprendí.

Era el contraataque de Guille. Después de todo, me había visto, se había mosqueado al ver que no lo saludaba y había adivinado que le telefonearía. Y me estaba esperando con una hábil réplica. Ja, ja, ja, como diría él. El recontrasuperbromazo.

—Guillermo Reynal es muy capaz de soportar emanaciones cáusticas y tóxicas —le solté—. Puede estar una hora bajo el agua sin respirar y cada día se da masajes con ácido sulfúrico. De pequeño se vio sometido a radiaciones nucleares y ahora tiene unas propiedades asombrosas —y cambié de voz para afirmar—: Sé que está ahí porque le catearon cuatro y porque le he visto esta mañana por la calle.

—Señorita, le aseguro que... —balbucía el cómplice de Guille, más cortado que la mortadela.

—¡Vale ya! —me metí en mi papel de joven desesperada y perseguida por ladrones internacionales de joyas—. No puedo perder el tiempo hablando de tonterías. Oye, que soy Carmen, Carmen Mallofré. Bueno, eso ya lo sabéis. Dejaos de bromas. Guille no me puede dar la espalda en un momento como éste. Estoy metida en un buen lío, una situación de vida o muerte. Dile que voy a ir a verle, que tengo que hablar con él como sea. Por favor. Dile que volveré a llamar y que querré hablar con Guille antes de ir a verle.

Me sentí un poco pava, telefoneando para advertir de mi visita, pero son los lastres de la buena educación. Influencia de mi madre la ceremoniosa. Ni siquiera en un momento crucial de mi vida como aquél me podía permitir la chulada de presentarme en casa ajena sin avisar.

Regresé a la mesa de mis padres.

—Creo que tomaré otro helado —anuncié.

Cuestión de ganar tiempo.

Me tomé otro helado, mi padre se tomó otro café y pidió la nota y mi madre tabaleó con los dedos sobre la mesa y dijo:

—Bueno, qué, ¿qué esperamos?

Mi padre resumió nuestro futuro:

—Mientras la nena hace una visita, tú y yo nos va-

mos a las ruinas arqueológicas. A las seis hago esa llamada y a las ocho te pasamos a buscar, ¿de acuerdo?

Okay, boss. Corrí otra vez al teléfono y, entre risas
de comensales que habían bebido de más y ajetreo de
camareros arriba y abajo, me pregunté con qué esperpento me iba a salir Guille a continuación. Si es que
respondía Guille y no una mujer fatal de voz de ter-
ciopelo.

Capítulo 3 XIII

GUILLERMO

Al cabo de un rato, bajó el Cerebro al sótano y se dirigió a mí como si yo tuviera la culpa de algo gordo.

—Llama una chica que se llama Carmen Mallofré.

Impertérrito, pensé: «¿¿¡¡Carmen Mallofré!!??»

—¿La conoces?

Afirmé, impasible:

—Sí. Es una compañera de mi curso.

—Dice que viene a verte, que está metida en un lío, cuestión de vida o muerte.

Yo arrugué la boca para disimular una sonrisa de felicidad.

Dije:

—¿Una cuestión de vida o muerte?

Y el Cerebro:

—Sí. Eso ha dicho —punto y seguido—: Será una manera de hablar, ¿verdad? —otro punto y seguido—: Una exageración.

La sospecha terrorífica de que, en cuanto termina-
ran sus quehaceres, aquellos sursuncordas pensaban
liquidar a la familia Reynal se había convertido en ob-
sesión. Quiero que esto quede claro para que com-
prendáis por qué pensaba que tenía que *hacer algo*. De
no ser por ese susto que me fue subiendo del vientre
para arriba, lo más probable es que yo hubiera ahu-
yentado con firmeza a Carmen Mallofré y hubiera per-
mitido que los tres ladrones concluyeran felizmente su
trabajo e incluso les hubiera echado una mano muy a
gusto. Al fin y al cabo, como decía mi padre, a nosotros no nos iban a robar nada. Pero el canguelo me había obturado los esfínteres y decidí que no me iba a
quedar tan tranquilo, esperando pacientemente a que
me pegaran un tiro en la nuca. Por eso, murmuré, pen-
sativo:

—Bueno... Una cuestión de vida o muerte... Es posible... —me volví hacia mis padres—: ¿Sabes quién
es Carmen Mallofré, mamá? La hija del comisario de
policía...

Pude escuchar el respingo que pegaron los tres ladrones, el crujido de sus huesos cuando se pusieron en
guardia, el silencio de sus corazones, momentánea-
mente inactivos. ¡Doing! Premio. Estuvieron sin respirar un buen rato.

—¿Hija de un poli? —dijo el Gorila al fin.

—¿La hija de un pasma? —dijo el Especialista.

—¡Quietos, quietos! —exclamó el Cerebro, impaciente—. ¡No pasa nada! —y a mí, con el aliento al-
terado—: ¿Es hija de un poli? ¿De verdad?

Mi madre comentó, en segundo término:

—Pues no recuerdo yo que hubiera un comisario de policía en la APA[1].

—Nunca iba a las reuniones de la APA[2] —protesté yo—. Es un tipo duro.

El Cerebro quería tranquilizarse y tranquilizar a sus huestes:

—Bueno, da igual, no pasa nada. La hija de un poli, ¿y qué? Como si fuera la hija de un pastelero. ¿Y qué? —me amenazó con el dedo índice—. Volverá a llamar. Y tú le dirás que no puede venir. De ninguna de las maneras. Que se vaya al cuerno.

—No puedo ser muy brusco con ella —objeté—. Somos novios y ella es muy testaruda.

Y mi madre, al fondo: «¿Novios? ¿Tienes novia?»

—Si la envío a hacer gárgaras, se mosqueará, se presentará aquí de todas formas.

Mi madre, en segundo término: «¿Oyes eso, papá? El niño tiene novia.» Y mi padre: «Ya, ya.»

—Si sospecha que pasa algo raro, avisará a su padre policía y corremos el peligro de que vengan a investigar.

«Corremos el peligro», como si yo formara parte del equipo y me preocupara que pudieran darles para el pelo.

Mi madre continuaba, ahora en un cuchicheo exasperante: «Y nosotros sin saberlo. Siempre tenemos que

---

1. Asociación de Padres de Alumnos, por si no lo sabíais.
2. Asociación de Padres de Alumnos, ¿cuántas veces tengo que decirlo?

ser los últimos en enterarnos de las cosas. Antes se lo dice a unos ladrones que a nosotros.»

—Tú sabrás hacerlo —insistió el Cerebro, y apoyó el dedo índice en mi pecho.

A pesar de su firmeza, observé que mi resistencia le había puesto muy nervioso. Y, cuando el Cerebro se ponía nervioso, tenía que cambiar de tema y pegar voces. Era superior a él.

—¡Vamos, vamos, manos a la obra, coño!

El Gorila y el Especialista pegaron un saltito, sobresaltados, y se pusieron a sacar grandes herramientas de las bolsas. Dos picos, dos palas, un martillo mecánico, o neumático, no sé cómo se llama, de ésos que parecen una moto y que sirven para taladrar las aceras de la calle. Venían dispuestos a hacer ruido, vaya.

Mi madre:

—¿Y qué dice que es? ¿La hija de un policía? Desde luego, hijo mío, no sé... La hija de un policía...

Escuché que el Gorila preguntaba, haciendo aparte con el campesino, como para evadirse de los problemas planteados por la llamada telefónica:

—¿No has traído la lanza térmica?

—No —respondió el Especialista—. No hará falta. En menos de una hora, estaremos dentro del banco.

Y mi madre a mi padre, en voz baja:

—¿Qué quiere decir un policía de los duros? ¿Uno de esos corruptos?

Y mi padre:

—No, mujer, supongo que querrá decir de esos maleducados que salen en las películas.

El Cerebro insistió:

—Por el bien de todos, más vale que tu novia no venga.

Me atreví a protestar:

—Oiga, yo haré lo que pueda, pero piense usted alguna otra solución por si insiste en venir y se nos cuela, ¿de acuerdo?

—Fingiremos que no hay nadie en casa.

—¡Por favor! ¡Todo el pueblo sabe que estamos en casa! ¡Si no se habla de otra cosa en el pueblo! «¿Sabéis que los Reynal no han podido ir a Australia? ¡Después de dar la tabarra todo el año, tienen que quedarse aquí!»

—¡Eso es falso! —saltó mi padre—. Eso no lo dice nadie. No le haga caso.

—Bueno, bueno, bueno, bueno, bueno —hizo el Cerebro, impaciente.

Nos callamos todos. Añadió otro par de «buenos» para dejar claro quién llevaba allí la voz cantante.

—Bueno, bueno. Ya pensaré alguna cosa. Pero ten presente que yo estaré escuchando cuando vuelva a telefonear tu nena. Y quiero ver cómo te esmeras.

Dicho lo cual, se sentó en los escalones, para pensar con comodidad.

Y mi madre:

—¿Y gana mucho un policía?

Mi padre, irritado:

—¡Y yo qué sé! ¡Déjame en paz! ¡Pregúntaselo a él! ¡A ver si pega un buen braguetazo y nos saca de la miseria!

Y mi madre:

60

—Ay, hijo, perdona, es que no sé, la hija de un policía, qué quieres que te diga...

Al poco rato, el Especialista y el Gorila se pusieron a destrozar la pared del sótano a golpes de pico. En seguida saltó el revoque y aparecieron los ladrillos. E inmediatamente destrozaron un par de ladrillos y pudieron arrancarlos de la pared.

—En un par de horas, en el banco —sentenció el Especialista.

Arriba, se escuchó el timbre del teléfono.

Capítulo 4 *IV*

CARMEN

Respondió el mismo Guille, que viste y calza:

—¿Sí?

Y yo, toda nerviosa y tartajosa, con voz aguda de pánico:

—¡Hola, Guille, soy Carmen! Déjate de bromas, *porfa*. Necesito que me ayudes. Voy a verte en seguida.

Él, entre tanto, había estado barbullando cosas como «ah, bueno, oh, espera, pero, me temo que...» y, cuando ya era inminente que le colgaba el teléfono, pegó un grito:

—¡Que no puede ser, Carmen, que no vengas!

Tan desgarrador, os lo prometo, ésa es la palabra, tan desgarrador, que me pegó un susto. Digo: «Pardiez, ¿qué le pasa a Guille?» Digo: «Qué actorazo. Hoy se está superando.» Digo, yo en mis trece:

—¡Pues voy a ir!, ¿me oyes?

—No vengas, Carmen, por favor.

Bueno, Óscar a la mejor interpretación. Le temblaba

62

la voz y sazonaba el discurso con una pizquita de súplica que te ponía la carne de pollo.

—Por favor: no vengas. Estoy metido en un lío tremendo, más tremendo que una mudanza.

Pero era una interpretación, ¿no? Vamos, yo me dije: «Es una interpretación, ¿no? A ver si te va a comer el tarro este pardillo. Y, además, para quitárseme de encima.» ¡Porque se me estaba quitando de encima! Le digo:

—Mira, Guille, no me calientes la cabeza, que mi situación es más desesperada que un mordisco de dobermann en el culo.

De repente, bajé la voz y la hice mucho más aguda:

—¡Dios mío, ahí están! ¡Los que me persiguen! ¡Trataré de escapar por una ventana! ¡Allá voy!

Y corté la comunicación.

Mientras el auricular hacía el recorrido desde mi oreja hasta el interruptor, me pareció escuchar la vocecita cohibida de mi amigo: «Bueno, de acuerdo, pues ven, si quieres.»

Si hubiera estado más atenta, seguro que habría captado el tono de advertencia de «ya te apañarás». Pero no estuve atenta y fui.

Bueno, hubiera ido de todas formas.

Capítulo 5 XIV

GUILLERMO

En cuanto terminé de hablar con Carmen, escuché la carrera del Cerebro que había estado escuchando por la extensión del piso de arriba y ahora bajaba a toda velocidad. En su precipitación, tropezó en lo alto del último tramo, y terminó de bajarlo a trompicones, de forma muy poco digna.

Cuando recuperó la verticalidad y la dignidad, clavó en mí su mirada más penetrante y más resuelta. Temí que me riñera.

—No importa. Lo tengo todo previsto —dijo.

Al parecer, había percibido con exactitud la legendaria e irreductible tenacidad de Carmen Mallofré.

—He tenido una idea que nos permitirá librarnos de la chica sin problemas —señaló la puerta del sótano—. Anda, baja.

Bajé, sumiso. A ver.

En el sótano, el boquete de la pared se había agrandado y el Gorila y el Especialista arrancaban ladrillos y cascotes a cuatro manos.

—¡Te he dicho que sería un momento! —exclamó el Especialista, triunfal—. ¡Ya hemos encontrado el blindaje!

—Bien. Atentos un segundo —convocó el Cerebro, sombrío.

Quería dar a entender que se encontraban con un grave escollo pero que él sabría manejar diestramente el timón. Hablaba engolado y engreído. De pronto, no me pareció muy inteligente.

—La chica va a venir. Pero no os preocupéis. Lo tengo todo previsto —y entonces soltó la parida que invalidó automáticamente el apodo de «Cerebro» para sustituirlo por el de «Míster Ideas de Bombero»—: Fingiremos que esta casa está en cuarentena. Que hay una epidemia.

—¿Una qué? —soltó el Gorila, quitándome el asombro de la boca.

—Una epidemia.

—¿Qué epidemia?

—Una epidemia —respondió el jefe con impaciencia—. La peste bubónica, la malaria, la fiebre amarilla, la peste negra... ¡La peste cubana! ¡Cualquiera!

—¿Pero por qué una epidemia?

A Míster Ideas de Bombero no le gustó aquella réplica. Creo que esperaba un aplauso espontáneo y fervoroso. No entendía que no nos despatarráramos ante la genialidad de su idea.

—Mira, muchacho: yo te explicaré los mecanismos del alma humana. Cuando alguien, cualquier persona, de cualquier clase social y de cualquier nivel intelectual, escucha la palabra *epidemia*, sale corriendo.

—Yo acabo de escuchar la palabra *epidemia* y no he salido corriendo —objetó el Gorila después de un breve parpadeo.

—No seas imbécil. Estoy hablando de gente normal. Una epidemia *siempre* hace que la gente salga corriendo, y yo quiero que esa chica *salga corriendo.*

—Saldrá corriendo y gritando como loca que en esta casa hay una epidemia de peste negra... —se resistía el gordo, tenaz.

—No, porque esa chica está escapando de algo o de alguien, y no tiene a dónde acudir...

El Gorila no le escuchaba.

—... Y vendrán los de la tele a filmarnos...

—¡No vendrán los de la tele porque la chica se está escondiendo y el que se esconde no suele ir a la tele...!

—¡...Y luego la policía, y los del ministerio de Sanidad...!

—¡QUE SE ESTÁ ESCONDIENDO TE DIGO! —el grito despendolado de Míster Ideas de Bombero acalló toda interrupción—. ¡Que la persiguen, que no tiene dónde acudir, que no puede ir a la policía...!

—¿No puede ir a la policía y su padre es policía? —perseveró el discutidor en voz bajita pero perfectamente audible.

—¡No puede ir a la policía o, de lo contrario, no hubiera venido aquí, cretino! ¡Te digo que le diremos a esa chica que aquí hay una epidemia y *se irá corriendo!*

Silencio. Casi se podían oír los jadeos del quídam de las ideas geniales. Parecía que allí se había zanjado la cuestión, pero el Gorila volvió a la carga.

66

—Hablará con alguien.

Hasta a mí empezaba a fastidiarme aquel impertinente.

—No hablará con nadie.

—Es imposible. Hasta el fugitivo más fugitivo tiene que hablar con alguien en algún momento. Hablará con alguien y le dirá que en esta casa hay una epidemia de peste bubónica.

—La convenceremos de que no lo diga.

—¿Cómo la convenceremos?

—La convenceré yo. Le diré que es un secreto.

—¿«Perdona, chica, no entres, nos estamos muriendo a chorros, víctimas de la fiebre negra pero no se lo digas a nadie, que es un secreto»?

—¡No se lo diré así!

—... ¿Así es como se lo dirás?

—¡Que no se lo diré así!

—¿Cómo se lo dirás?

—¡Eso es cosa mía! ¡Y no me discutas una palabra más o te taladro la cabeza con el cacharro ese!

Estuvo resollando unos segundos, mirando al suelo, como si contara hasta cien para no dar rienda suelta a sus furores asesinos y, al fin, accedió a explicar lo que cualquier niño de tres años hubiera comprendido ya.

—¡Le diré que es un secreto oficial! ¡Que formo parte de la comisión encargada de controlar el asunto, que todo está ya bajo control, que no debe cundir el pánico, que la mejor forma de ayudarnos a preservar la seguridad mundial y a evitar que se extienda la epidemia por el mundo es guardando el secreto! ¡¡¡Y basta ya!!!

Míster Ideas de Bombero no soportaba que se pusiera su autoridad en entredicho. Me olí que se trataba de una de esas personas inseguras que tienen que gritar «¡Yo mando aquí!» porque les parece que, si no lo hacen, terminarán en un rincón llorando y gimoteando: «No sé qué hacer, ayudadme, que no sé qué hacer.»

—Oye, Guillermo —intervino mi madre levantando la voz—. Oiga, usted, perdone. ¿Por qué no hacen una cosa?

—Porque no, señora —quiso cortarla Míster Ideas de Bombero.

Pero es muy difícil cortar a mi madre.

—Que venga esa chica y que Guillermo le diga que ha roto el compromiso, que ya no son novios, que él se lo ha pensado mejor y que no quiere saber nada más de ella, y que ya está casado, con mujer e hijos, y que no quiere volver a verla nunca más.

—Señora: si hiciéramos eso, su hijo y su nuera estarían discutiendo hasta pasado mañana, y yo quiero que su nuera, la hija del pasma, salga corriendo. ¿Lo comprende?

—¿Y no sería mejor... —empezó el Gorila, con suavidad para no ofender a nadie, mientras mi madre aclaraba, en segundo término: «*Pasma* quiere decir policía, ¿verdad?»—, no sería mejor retenerla aquí, con los otros, secuestrada hasta que terminemos de sacar el último billete del banco?

Míster Ideas de Bombero tampoco soportaba que nadie le dijera lo que tenía que hacer. Y, si a alguien se le ocurría poner su autoridad en entredicho al mismo tiempo que le decía lo que tenía que hacer, sólo conseguía exactamente lo contrario de lo pretendido.

—¡Le diré que soy un doctor del ministerio, le diré que hay una epidemia, le pediré que colabore con su silencio y ella se lo creerá, se irá y callará!

—Y cuando se enteren de que alguien ha robado el banco, y vean el boquete de abajo, y comprendan que lo robamos desde esta casa, esa chica se acordará del doctor del ministerio...

—¡No se acordará del doctor del ministerio porque llevaré una máscara protectora antivírica!

El Gorila abrió la boca para preguntar «¿y de dónde vas a sacar una máscara protectora antivírica?» pero, en ese momento, otra idea más tremenda le pasó por la cabeza y, de pronto, se le olvidó su papel porque estaba demasiado entretenido mirándonos, a mis padres y a mí, y pensando. Se preguntaba lo mismo que yo me había preguntado antes y empezaba a pensar lo mismo que yo había pensado antes. Tanta preocupación por evitar que la hija del poli les viera la cara... ¿Y nosotros?

Al fin, el Gorila aprovechó que tenía la boca abierta para balbucir:

—¿Puedo hablar un momento contigo, arriba?

—¡Claro! —respondió el jefe como si acabaran de desafiarlo a una pelea a puñetazos.

No podía sufrir que se discutiera su autoridad.

El Gorila cogió la pistola, que había dejado con su jersey sobre un mueble cercano, y se la entregó al Especialista.

—Oye, tú. Vigílalos, que ahora bajamos.

Míster Ideas de Bombero y el Gorila se fueron al

piso de arriba. Con los pelos de punta y el corazón helado, me pude imaginar lo que estarían diciendo. Era una discusión cantada:

—¿Qué piensas hacer con la familia de abajo? Ellos nos han visto la jeta. Podrán reconocernos en los álbumes de fotos de comisaría. Piensas liquidarlos a todos, ¿no?

—No nos queda más remedio. Pero me resisto a matar a la hija de un policía.

Bueno, blablablá, etcétera y eso. Supongo que habría un poco de tira y afloja, tras el cual el Gorila renunció a toda resistencia diciendo:

—Mira: haz lo que quieras.

Lo peor que podía decir. A Míster Ideas de Bombero le habían dicho demasiadas veces en su vida que hiciera lo que quisiera. Era claramente un niño mimado, hijo único (bueno, yo también soy hijo único, pero ya me entendéis, hay hijos únicos e *hijos únicos)*. Siempre le habían dicho «haz lo que quieras», sin oponerle la menor corrección ni orientación, sin la menor crítica constructiva. Y siempre había hecho lo que había querido, y así le iba. Y así nos iría a todos.

—Y ahora pregúntame —añadió probablemente el jefe de la banda, ufano por haberse salido con la suya una vez más—: ¿De dónde piensas sacar una máscara protectora antivírica?

—Haz lo que quieras.

Míster Ideas de Bombero respondió:

—¡Imaginación, muchacho, imaginación! —cuando bajaban la escalera, iba repitiendo—: ¡Imaginación, amigo mío, que es que no tenéis imaginación!

70

Se dirigió al equipo que había cargado y descargado el Especialista y, de una bolsa, sacó una máscara metálica, grande y oxidada, de las que se usan para protegerse de las chispas del soplete.

—¡Eh, eh! —protestó el Especialista, alarmado—. ¿Dónde vas con eso?

Míster Ideas de Bombero no respondió. Había botes de pintura blanca en un rincón. Esmalte de puertas sobrante de la última sesión de embellecimiento de la casa. Y un pincel. Ah, estupendo. Todos estábamos pendientes de lo que hacía el genio. Y el Especialista, además de asistir al espectáculo, protestaba.

—¡La necesito yo! ¡Tengo que atacar ese blindaje con el soplete!

—¡Pues atácalo con el soplete! ¿Quién te impide que lo ataques con el soplete?

Sentado en el suelo, Míster Ideas de Bombero había empezado a pintar la máscara de blanco.

—¿Que use el soplete sin máscara? ¡Tú quieres que me quede ciego!

Harto de escucharle, Míster Ideas de Bombero tiró el pincel a un rincón, se puso en pie y agarró por el cuello al Especialista, que varió automáticamente de expresión y de discurso.

—¡Está bien, está bien! ¡Lo probaré con el taladro! Este blindaje es de papel. Y, si no, tengo unas gafas que también servirán.

Míster Ideas de Bombero invirtió unos buenos cinco minutos en buscar el pincel, que se había perdido entre los muebles del rincón. El Gorila, pistola en mano, le prestaba más atención a él que a mí. Podría haberme dedicado a encender una fogata para pedir auxilio y no se habría dado cuenta.

Muy nervioso, el Especialista conectó el generador y puso en funcionamiento el martillo mecánico o neumático o hidráulico o como se llamara el artefacto. El sótano se llenó de un ruido insoportable que transmitía la ilusión de que se nos iban a caer los dientes al suelo de un momento a otro. Uno de esos sonidos que se clavan como un puñal y te ponen los ojos de chino. El artilugio, pensado para perforar en sentido vertical, pesaba demasiado y se encabritaba demasiado. Resbaló a lo largo de la pared y, con ruido de catástrofe mundial, se clavó en los ladrillos inferiores.

Acto seguido, el esforzado trabajador se hizo con una maza y un escoplo y se puso a grabar unas muescas en la superficie blindada. Mucho ruido y ni un piñón. Según mi sistema personal de valores, el Especialista quedó automáticamente degradado a Chapuzas.

Al fin, Míster Ideas de Bombero acabó de pintar la máscara de blanco. Se la puso y dirigió una mirada a su alrededor, muy satisfecho de su obra. Pensé: «Por favor, que no pregunte qué tal está.» El Gorila no sabía dónde mirar. Mamá preguntó: «¿Por qué hace eso?»

Antes de pedirnos la opinión, nuestro Einstein todavía tuvo otra de sus fantásticas ocurrencias. Salió corriendo escaleras arriba, seguramente para ir a mirarse a uno de los espejos de arriba.

Pasaron unos minutos incomodísimos hasta que volvió a bajar, después de haber perfeccionado su invento.

En el intervalo, el Chapuzas se golpeó un dedo con la maza y liberó un escalofriante ataque de histeria. Se

lió a puntapiés con los muebles y probablemente hubiera continuado dándonos puntapiés a todos los demás si, en aquel momento, no hubiera hecho su aparición Míster Ideas de Bombero, que bajó las escaleras pausadamente, en plan *top model*.

—¡A ver, un poco de atención!

Llevaba puesta la máscara de soldador pintada de blanco. Y, para ocultar la calva y la nuca, se había colocado una bolsa de la basura. Ahora sí, convencido de que obtendría un éxito clamoroso, preguntó:

—¿Qué tal?

Mi madre fue la única que tuvo agallas para responder.

—Ah, pues mira, no está mal.

Lástima que luego le oyéramos preguntar a mi padre, en voz baja: «¿Pero esto para qué es?»

Mi padre cuchicheó:

—No sé. Calla.

Y el Gorila, picajoso:

—Haz lo que quieras.

Yo hice así con la cabeza, como diciendo que, bueno, que tenía un pase. Ya había llegado a la convicción de que se trataba de un loco peligroso.

Como se enterase de que en mi cuarto tenía un disfraz de Spiderman, estábamos perdidos.

Capítulo 6 V

CARMEN

Encontré la casa de Guille donde había estado siempre, desde que la edificaron, en la plaza mayor de La Coma. Para llegar hasta ella, hube de abrirme paso entre la multitud de turistas descamisados y oriundos endomingados que se apiñaban en un mercadillo donde se vendían productos naturales y ecológicos. Miel y cera sin conservantes ni aditivos, regaliz de palo y regaliz negro y amargo, quesos puros de oveja, arropes, vinos, aceites y vinagres aromatizados. Superé también otra pequeña muchedumbre que asistía boquiabierta a la erección de una tribuna donde las autoridades esperarían la llegada de los corredores de motocross, o donde la banda de música interpretaría la charanga triunfal. Unos voluntariosos muchachos pintaban en el suelo la línea blanca de llegada y otros acarreaban vallas amarillas que habían de impedir que los espectadores enfervorizados se precipitaran bajo las ruedas de los moteros. Dije sesenta y dos veces «perdone, ¿me permite?, disculpe, gracias» antes de acabar de cruzar la plaza de norte a sur.

En dos de las fachadas que cerraban la plaza, había soportales que parecían haberse torcido de tan antiguos, aunque esto no sé por qué lo cuento porque no tiene nada que ver con lo que sucedió a continuación. Ya puestos, diré que otra de las fachadas pertenecía al Ayuntamiento, todo con banderas y guirnaldas, balcón para las autoridades, reloj parado y guardias municipales a la puerta.

Mi objetivo, lo que realmente nos interesa, estaba en la cuarta fachada, la menos favorecida, como si históricamente la plaza hubiera estado abierta por aquel lado y la hubieran cerrado con cualquier cosa, lo primero que encontraron a mano. Una hilera de casas todas distintas, amorradas a una acera estrecha y asfixiadas por una hilera de coches aparcados, pegados los unos a los otros. La casa de los Reynal era pequeñita y estaba encajonada entre dos bloques de construcción reciente.

A la izquierda, una gran tienda de motos que, sin duda, participaba en la organización de la carrera. Allí vi a unos tipos con mono de corredor y de mecánico, y currantes que se atrafagaban transportando cables eléctricos y carteles troquelados de moteros en pleno salto y papeles sujetos con pinzas.

A la derecha, una sucursal bancaria, con sus anuncios de duros a cuatro pesetas, hipotecas regaladas, cajero automático las veinticuatro horas y demás.

Y, en medio, una casa angosta de tres pisos, *la casa,* coronada por una especie de tupé voluptuoso, supongo que de inspiración modernista. En el piso superior, bajo la onda, había dos ventanas; en el piso de en medio, un balcón, y abajo sólo había sitio para la puerta de entrada, que me pareció muy estrecha. Toda la casa parecía demasiado estrecha, como comprimida entre las dos moles que la flanqueaban.

Casi tuve que saltar por encima de los coches que formaban una barrera ante la casa. Me planté ante la puerta y pulsé un botoncito blanco. Sonó en el interior un timbrazo que hizo retumbar los cristales, uno de esos timbrazos enérgicos, de los antiguos, de cuando a los camareros se les llamaba dando palmas o con penetrantes chiflidos. Inmediatamente, escuché que se rompía un cacharro de porcelana, o algo por el estilo.

Y se abrió la puerta y ahí estaba Guille.

Yo me transfiguré. Puse cara de pánico.

—¡Por favor, Guille, tienes que ayudarme! —le pegué un empujón, me precipité al interior y, aprovechando la proximidad y que me había puesto tacones altos, le besé en la mejilla.

Él gritó horrorizado:

—¡No, no me beses! —con un terror y un asco que me ofendieron.

—Pero, bueno, ¿cómo que no te bese? ¿Aún estamos así? ¿Todavía me guardas rencor? No, usted se espera un momento, *porfa*. ¿Por qué no quieres que te bese? ¡Ah!

Entonces, me fijé mejor en el fantasmón que había detrás de la puerta. Un fantoche espantoso que me hizo pegar un brinco y un chillido de película.

Era un tipo muy alto, quizá más alto que Guille, y ocultaba el rostro tras una máscara superextraña. Se precipitó a cerrar la puerta, *y echó la llave,* cric-crac, y, mientras hablaba conmigo, mantuvo la mano allí, en el cerrojo, con la evidente intención de abrir de nuevo inmediatamente.

—No se asuste, señorita.

Y Guille, tembloroso y archiazorado:

—No te asustes, Carmen.

Y me encuentro petrificada, plantada ante mis dos anfitriones, con el corazón a mil, tratando de pasar revista a todo lo que me acabo de encontrar. Estábamos en un pequeño vestíbulo con una puerta a la derecha y unas escaleras ascendentes a la izquierda. Más allá, una puerta con cristalera esmerilada de dibujitos antiguos que representaban una cornucopia, un angelito, qué sé yo. «A ver, serénate, Carmencita.» Guille me había dicho «no me beses», lo había chillado, como si todavía le durara el asco de la última vez que se dignó mirarme.

Y, luego, el fantoche, que continuaba aconsejándome que no me asustara, con la excusa de que todo tenía una explicación. Bien mirada, la máscara que llevaba parecía una de ésas que se utilizan para hacer soldadura autógena sin que las chispas te salten a la cara. La habían pintado de blanco y, por detrás, la habían adornado con una bolsa de basura negra. Por lo demás, el tipo era un tiarrón de amplio tórax y manos grandes, vestido a lo clásico: chaqueta azul con botones metálicos, pantalón de franela gris, camisa blanca, corbata burdeos y mocasines relucientes.

No sabían cómo contarme dónde me había metido.

—Mire, señorita —dijo el enmascarado...

GUILLERMO

No, espera. Dijo el enmascarado:

—Señorita: quiero que me escuche con mucha atención. Guillermo ya le ha advertido que no viniera pero, puesto que ha insistido y por fin está aquí, tendrá que hacerse cargo de lo que ocurre...

CARMEN

Entonces, yo pensé: «Menudo embolado. La Peste Alta ataca de nuevo. A ver qué me tienes preparado, Guille, campeón.»

Y Guille, que debió de fijarse en mi cara de escepticismo, intervino para echarle una mano al otro:

—Hazle caso, Carmen. Todo lo que te va a decir es verdad, por raro que te parezca.

A ver. Y dice el hombre de la máscara:

—Esta casa está en cuarentena. Hay una epidemia.

—¿Una epidemia? —me sorprendí.

GUILLERMO

No. Dijo:

—¿Una epidemia? —así, con una sonrisa de oreja a oreja y los ojos muy abiertos, como si le hubieran notificado que iba a tener un hermanito.

CARMEN

Y Guille, muy serio y mirando al suelo:

—Que sí, Carmen, que es verdad, que hazle caso, que es verdad.

GUILLERMO

Dice el cabezudo:

—Debido a un lamentable y terrible accidente que ahora no le podemos detallar, esta casa ha sido invadida por una terrible enfermedad infecciosa.

Y Carmen, encalabrinada perdida:

—¿Pero qué enfermedad?

Y el otro:

—Una enfermedad neurovegetativa que afecta al cerebro. Ha habido un accidente. Un experimento de guerra bacteriológica.

Y Carmen:

—¿De guerra bacteriológica?

—Alto secreto. Secreto oficial. Soy médico del ministerio de Sanidad y formo parte de la comisión encargada de controlar el asunto. Pero todo está ya bajo control, y no debe cundir el pánico bajo ningún concepto. Por lo cual le ruego, señorita, que se vaya de aquí, que nos deje trabajar y que no le cuente a nadie lo que le hemos dicho. Pero a nadie, ¿comprende? La mejor forma de ayudarnos a preservar la seguridad mundial y a evitar que se extienda la epidemia por el mundo es guardándonos el secreto. No podemos decir más.

CARMEN

Bueno, como planteamiento era divertido. Me dirigí a Guille:

—¿Y se puede saber qué hacías tú en tu casa con un experimento de guerra bacteriológica? —hacía lo posible por seguir la broma en serio, pero se me escapaba la risa—. ¡Mira que te tengo dicho que no juegues con esas cosas!

De pronto, el tío aquel me agarra del brazo y me zarandea como si quisiera comprobar si mis pendientes eran de pinza y estaban bien sujetos.

—¡Esto es muy serio, jovencita! —me grita, y abre la puerta y, procurando mantenerse detrás de ella para que no le vieran desde la calle, me invita a salir—: ¡Fuera!

—¡Oiga, oiga! —que le digo yo.

—Oiga, oiga —que dice Guille en minúsculas.

El Portero Misterioso volvió a cerrar la puerta y se inclinó hacia mí.

—¿Has entendido lo que te he dicho? —ya pasó al tuteo.

Yo:

—Sí.

—Pues lárgate.

Bueno, supuse que Guille quería comprobar hasta qué punto tenía ganas de quedarme con él. Me lo ponía difícil.

Dije:

—Pero no puedo largarme.

—Claro que puedes largarte. Pruébalo. Verás qué fácil.

—Es que yo también estoy contaminada.

—¡No estás contaminada!

—¡Sí que estoy contaminada! ¡Le he besado!

—¡No estás contaminada! ¡No es tan fácil contaminarse! ¡Largo!

El amiguete de Guille también era un diez en actuación. Cuadro de honor en el *Actor's Studio*. Parecía enfurecido de verdad. Si yo no hubiera creído estar al tanto de la historia, me habría asustado en serio. Pero tenía la obligación de resistirme, ¿no? Menuda soy yo.

—Bueno, supongo que tendrá que hacerme alguna prueba para asegurarse. Un análisis de sangre, medirme la tensión, hacerme sacar la lengua, auscultarme, algo, lo que sea. ¿O quiere que vaya a un dispensario, a que me lo hagan? ¿O a un hospital? Y, si voy, ¿qué enfermedad tengo que decir que tengo?

—¡No hace falta que te hagas nada! —se le encasquillaban las palabras: *«No hace faltak quett tehagg gasnada!»*

—¿Y usted cómo lo sabe?

El Buzo ya no pudo más. Me empujó violentamente hacia la puerta de cristales esmerilados y la atravesé trompicando, a punto de caer de bruces o de chocar contra cualquiera de los muebles que abarrotaban la enorme estancia adonde fui a parar.

Más tarde, tuve ocasión de inventariar una gran mesa de comedor con seis sillas, una mesa de juego con tapete verde y otras cuatro sillas, dos tresillos con sus dos mesas de café y una mesa con el enorme televisor, un velador junto a una de las butacas, dos vitrinas, una cómoda, dos estanterías pequeñas de aspecto frágil, un revistero y un par de taburetes artísticos que seguramente no aguantarían el peso de un libro. Y, por todas partes, objetos de adorno, recuerdos de los cinco continentes: estatuillas, búcaros, jícaras, jarros, cántaros, muñecos de peluche, cacharros de estaño, todo un zoo de cristal, cerámica, madera, cuero, aluminio, oro, plata, plástico, cartón, arcilla, barro, lodo. Y, aquí y allá, relojes, barómetros, termómetros, no sé si había algún anemómetro incluso, artilugios mecánicos de todo tipo.

La mesa de comedor estaba puesta, con su mantelito, sus botellas de agua y de vino y sus platos de arroz a la cubana a medio consumir. Y la tele, conectada, retransmitía algún programa de niños gritones.

Todo esto para dejar claro que me sentí un poco agobiada. Era una de esas casas donde tienes que andar con sumo cuidado para no provocar catástrofes en tus desplazamientos.

Pero, bueno, el agobio venía sobre todo de los empujones del individuo de la chichonera blanca.

—¡Oiga, oiga, sin empujar!

Ah, y se me olvidaba, enfrente, un gran ventanal moderno, todo cristal con eso que se llama carpintería metálica, que se abría a un luminoso jardín muy bien cuidado, con flores y césped, y mesita y sillas blancas, y hiedra encaramándose por una pared de ladrillos a la vista. Ahora sí que ya está todo.

Y yo:

—¡Oiga, oiga, sin empujar!

Claro que tenían que mostrarse convincentes para tirar adelante la broma, pero todo tiene un límite.

—¡No entiendes la seriedad de la situación! —gritaba el energúmeno de la máscara—. ¡Esto es muy serio! ¡Esta casa está llena de gérmenes de *contaria vímpex!* —o no sé qué tontería dijo.

—¿*Contaria vímpex?* —se me escapó la risa en forma de pedorreta—. ¡Te lo acabas de inventar!

El hombretón encubierto me tiró un guantazo, que

esquivé por milímetros. Retrocedí y tropecé con la mesita del teléfono, que estuvo a punto de caerse al suelo. Eso hizo que me pusiera seria, pero no mucho. Lo de *contaria vímpex* me había hecho mucha gracia.

—¡Eh, eh, cuidado, un momento!

En segundo término, decía Guille con boquita de piñón:

—Que es verdad, Carmen, créetelo, que es verdad.

—¡Siéntese y escúcheme, señorita! —exigió el monicaco.

Yo me reía:

—¿Y para no pillar la epidemia lleva esa máscara de mecánico?

—¡No es una máscara de mecánico! ¡Es un casco de prevención sanitaria antivírica!

Solté la carcajada. Me dejé caer en el sofá y levanté los pies del suelo para patalear en el aire. «¡Un casco de prevención sanitaria antivírica!» ¿De dónde había sacado Guille un genio como aquél?

Por cierto, que señalé a Guille para no dejarlo al margen de la juerga y para prolongar un poco más aquel diálogo para besugos.

—¿Y él, por qué no lleva mascarilla?

—¡Porque ya está contaminado por la enfermedad!

—¿Ah, sí? —me volví hacia Guille como si quisiera tener una enfermedad igual que la suya—. ¿Y cuáles son los síntomas, Guille?

Entonces, el colega me pegó un susto con una mueca descomunal. Cerró mucho los ojos, sacó la lengua y se puso a tiritar y a balbucear como descontrolado. ¿Qué tartamudeaba? La cantinela me pareció familiar.

84

—... Acebes, Barbeito, Campos, Cussó, Fernández, Gómez, Huesca, Iglesias, Isard, Javierre, Jiménez...

¡Era la lista de los compañeros de clase! Me preguntaba dónde querrían ir a parar aquellos dos payasos y estaba a punto de corear el resto de la lista («... Lallana, Linares, López, Martín, Martínez, Mendoza...») cuando Guille hizo un hábil quiebro y soltó un camelo que me dejó turulata. Algo así como:

—... Nesdrolasondrespamisrosnesiopri...

¿¿Queeeé??

Al mismo tiempo, la reacción histérica del menda de la caperuza de acero, que se puso a gritar:

—¡Cállate, cállate!

Y se abalanzó sobre él, lo empujó contra un sillón y le soltó una bofetada que sonó como una explosión de butano. Tan fuerte que nos cortó el buen rollo. Tanto a Guille como a mí.

—¡Eh, eh, eh, oiga! —dije yo, espeté, más bien.

Guille se calló en seco.

Y el Caperucito se volvió hacia mí *¡y me encañonó con una pistola!* Si no hubiera sido por aquella soberana bofetada, yo hubiera continuado riendo y siguiéndole la corriente, pero en aquel momento ya no sabía si reír o llorar. Claro que los payasos saben darse sonoras bofetadas sin hacerse daño, pero... Bien mirado, el guantazo quizás había sido demasiado fuerte para ser auténtico... Pero ahí estaba la mejilla colorada de Guille, y la puerta de la calle cerrada con llave... Y aquella pistola, ¿de verdad o no? Parecía de verdad. Y aquel tío enfurecido que parecía que estaba hablando demasiado en serio.

—¡Niñata imbécil! ¡Esto no es un juego, pero no pienso perder más tiempo contigo! ¡Tienes razón! ¡Te has acercado demasiado a Guillermo, le has besado, ahora tú también estás contagiada, y no vas a poder salir de aquí!

Lo siento pero yo no pude reprimir la sonrisa. Aquello era un bromazo de Guille, estaba superclaro, y con un mensaje *guayísimo*. Además: aquella horrorosa circunstancia de la epidemia me obligaba a quedarme encerrada con él en su casa mientras durase la cuarentena. Era su manera de notificarme que deseaba que estuviéramos juntos. O sea, que archiestupendo. Si no había más remedio, me quedaría cuarenta días con sus cuarenta noches encerrada con mi querido Guille. «Lo siento, papá, es que tengo un ataque agudo de...», ¿cómo había dicho?, «de *eulalia bídex*», o no sé cómo lo había dicho.

Y entonces, ¿qué pasó? Ah, sí, el espantoso ruido procedente del centro de la tierra. ¿Un terremoto?

Capítulo 7 XV

GUILLERMO

La llegada de Carmen había sido absolutamente teatral, aunque se vio interrumpida en su actuación por un tremendo ruido. El Chapuzas había trasladado una pesada cómoda hasta el boquete por donde asomaba el blindaje del banco y había apoyado sobre ella el martillo neumático para volver a embestir la pared que se le resistía, ahora en horizontal y apoyado. El nuevo estrépito, corregido y aumentado por el mueble de madera, que hacía de caja de resonancia, subió a las alturas y llegó nítido a los oídos de Carmen. El Chapuzas salió rebotado de espaldas y se dio un doloroso golpe en el codo, y la pared de hierro, o de acero, ni siquiera se rayó un poco.

Aquel fracaso, según me contaron mis padres, provocó el segundo arranque de furia del Chapuzas que, a gritos, decidió castigar a la humanidad con su autoinmolación.

—¡Está bien! ¡Usaré el soplete sin máscara! ¡Está

bien! ¡Se me pondrá una cara como si me la hubieran comido las ratas, pero qué más da!

Mientras se ponía unas gafas como de aviador de la Primera Guerra Mundial, mi padre tuvo su primera intervención heroica:

—Yo creo que tendría que haber traído una lanza térmica. No soy un experto ni mucho menos, pero he leído unos cuantos libros de bricolaje y en alguno decía que...

El Chapuzas, convertido en una fuerza desencadenada de la naturaleza, se volvió hacia él y le clavó un bocinazo que le despeinó:

—¿Se quieren callar de una puñetera vez?

El Gorila tuvo que interponerse para que no dirigiera la llama del soplete contra mis padres. A mi madre, espantada, se le escapó otra vez aquella risita inoportuna. Ja, ja, ja.

—¡Hacedla callar, hacedla callar o no respondo!

Capítulo 8 VI

CARMEN

Fue espantoso, el ruido, pero duró poco.

El Impertinente del Antifaz había agarrado a Guille del hombro, le dijo «Ven conmigo» y lo arrastraba hacia la puerta de cristales esmerilados, la de salida, cuando llegó hasta nosotros el agudo estrépito de un taladro. Uno de esos ruidos que se meten en las paredes de la casa y las recorren arriba y abajo, como una cosquilla, y dan dentera. Se me ocurrió que desde el centro de la tierra avanzaba hacia nosotros un tractor o un camión de gran tonelaje. Pero la acometida cesó en seguida y me pareció que en su lugar quedaba, como un eco, una especie de carcajada.

—¿Y ese ruido? —me permití preguntar, a la expectativa de una nueva sorpresa en la actuación de la pareja cómica.

El disfrazado se volvió hacia mí y me apuntó con la pistola como si estuviera dispuesto a dispararla y dejarme seca *in situ*. No me asusté en absoluto. Porque era una pistola de mentira. ¿O no era de mentira? Porque todo aquello era una broma. ¿O no era una broma?

—¡Tú quédate aquí! —ladró el tío, con un tono que me borró la sonrisa.

—¿Y esos ruidos? —repetí, ya por pura curiosidad.

—Estamos construyendo un quirófano para intervenciones de urgencia —explicó.

¡Anda ya!

Arrastró a Guille fuera de la sala de estar. Los vi avanzar hacia la puerta de salida y meterse por la otra puerta, la que quedaba delante de las escaleras ascendentes. Por el gesto que hicieron, me pareció entender que empezaban a bajar unas escaleras, probablemente las que conducían al sótano. Y allí me quedé, sola y un poco estupefacta.

Menuda bofetada le había pegado a Guille. «¡Cállate, cállate!», porque el chico se había puesto a recitar la lista de nuestros compañeros de clase. ¿Cómo era? «Acebes, Barbeito, Campos, Cussó, Fernández...» Menudo ataque de pacotilla. Había cerrado los ojos y sacado la lengua...

¡Había cerrado los ojos y sacado la lengua!

¡Ésa era la señal para advertirme que se disponía a largar en vesre! ¿Pero dónde tenía yo la cabeza? ¡Claro! Aquellas palabras raras que metió en medio de la lista. ¿Qué palabras eran? ¿Qué me quiso decir? ¡Y yo qué sé! ¿Cómo quería que me acordase? No había podido fijarme bien... Me había querido transmitir un mensaje sin que se enterara el otro...

... Pero entonces...

(Y el corazón me iba: bum-bum-bum-bum...)

... Pero entonces, eso quería decir que...

Yo ya me acomodaba mejor en el sofá, así, muy seria, con cara así, de «oh, cielos, qué horror». Si él quería transmitirme un mensaje que el otro no debía comprender, cabía suponer que no estaban conchabados. O, al menos, no tan conchabados como yo creía. Ese descubrimiento, de pronto, permitía pensar que tal vez la bofetada no hubiera sido tan fingida, después de todo, y que a lo mejor la pistola era de verdad, y aquel enmascarado era un loco peligroso. Guille debía de referirse a eso cuando me había dicho por teléfono que estaba metido en un jaleo más grande que una mudanza.

(Y el corazón: bum-bum-bum-bum...)

De pronto, me angustió mucho, muchísimo, no haber comprendido el mensaje al vesre que Guille quería transmitirme. Tendría que darle pie para que me repitiera la lista de la clase y, con ella, los camelos.

Cuidado, que vuelven.

Bum-bum-bum...

Capítulo 9 XVI

GUILLERMO

Míster Ideas de Bombero me pegó un empellón y acabé de bajar de dos en dos las escaleras hasta el fondo del sótano. Una vez abajo, captada la atención de todos los presentes con semejante entrada, me dio otro empujón y me estampó contra la pared. Se había puesto peligroso.

—¡La próxima vez, te arranco la cabeza de cuajo, imbécil! ¡No vuelvas a intentar pasarle un mensaje a tu nena porque te mato! ¿Te crees que soy tonto?

—¿Pero qué mensaje? —decía yo—. ¿Qué mensaje? ¡Sólo fingía que me daba un ataque!

—¡Estabas diciendo cosas raras!

—¡Estaba recitando la lista de compañeros del cole!

—¿Y por qué?

—¿Por qué qué?

—¿Por qué recitabas la lista de compañeros del cole?

—¡Porque no se me ocurría qué decir!

—¡A partir de ahora, como un idiota! ¡Ni una palabra! ¡Contesta sólo sí o no!

—¡Pero es mi novia! ¡Sospechará que pasa algo raro, si sólo digo sí o no!

—¡Sospechará que estás mal de la cabeza, y ya le explicaré yo que eso son efectos de la epidemia! ¡Como sospeche algo, la ataré, la amordazaré y os meteré a todos en el sótano!

El Gorila intervino, con un amago de sorna:

—O sea, que la chica está arriba. O sea, que no te la has quitado de encima.

—¡Es cuestión de minutos! Ahora, fingiremos que le hacemos unos análisis de sangre y de orina, comprobamos que no está infectada y la soltamos. Yo mismo le haré el reconocimiento médico.

Sí, hombre, a ver si encima el sursuncorda aquel querría aprovecharse de mi novia jugando a médicos.

—Tendré que salir a comprar jeringuillas, mascarillas, guantes de goma...

—¿Y dónde piensas comprar todo eso? Hoy es fiesta.

—¡Eso se compra en una farmacia! ¡Habrá una farmacia de guardia!, ¿no?

El Gorila no estaba de acuerdo con aquella forma de llevar las cosas. Trataba de reprimirse, para tener la fiesta en paz, pero no podía, era superior a sus fuerzas. Cabeceaba. Todo su cuerpo panzudo clamaba: «¿Pero cómo es posible?»

—¿Ella, la chica, la hija del poli está arriba ahora, sola?

—¡Sí, sí!

—¿Y quién la va a vigilar, si tú te vas de compras?

—¡Tú!

—No, no, oye, espera —intervino el Chapuzas—.

94

Que yo necesito a éste, que esto es más difícil de lo que pensaba.

—Es que tendrían que haber traído una lanza térmica —metió baza mi padre, con la voz de la experiencia.

—¡¡¡Que se calle o le mato!!! —estalló el Chapuzas.

—Calma, calma. No perdamos los estribos —Míster Ideas de Bombero sujetando las riendas de la situación—. ¿Tenéis para mucho?

—Para un rato.

—Bueno. Pues cuando quedes libre —se dirigía al Gorila—, me das un grito. «¡Doctor, doctor!», dices. ¿De acuerdo? Y yo bajo y tú subes a vigilar a la chica mientras yo compro eso. ¿De acuerdo?

—¿Pero por qué no...? —trató de sugerir el Gorila.

—¿*De acuerdo?*

—Haz lo que quieras.

—Y tú... —se dirigió a mí.

—Yo, sí o no. Nada más que sí o no.

—A ver si es verdad.

Volvimos a la superficie.

Capítulo 10 VII

 CARMEN

Cuando reaparecieron los dos por aquella puerta que estaba más allá de la puerta de cristal esmerilado, la de las cornucopias, pensé que había sido una idiota por no haber intentado escapar de allí. Ni que sólo fuera intentarlo. Es que ni se me había ocurrido. Claro que lo tenía crudo porque, al parecer, no había ninguna ventana que diera a la calle. Sólo un minibalconcito en el piso superior, si no recordaba mal. Y, dos pisos más arriba, dos ventanitas. Y el gran ventanal que se abría a un jardín que parecía rodeado de muros con ladrillos a la vista.

Bueno, el caso es que ni siquiera me había levantado del sofá donde me había tirado la Armadura Sanitaria. Y ahí estaban otra vez. Y el corazón, bum-bum-bum. Y Guille, tan compungido que pensé: «Esto está muy feo, esto está fatal.»

Dije, mientras se acercaban, mientras el Sujeto de Hierro se preocupaba por cerrar la puerta de las cornucopias:

—Oye, Guille, ¿todo esto va en serio?

96

GUILLERMO

Y yo pensé: «Jo, más en serio que un examen final.» Y digo, muy serio:

—Sí, claro que va en serio.

CARMEN

Y se sentó en un sillón, muy modosito, como el repelente niño Vicente cuando iba de visita. Miraba al Espíritu que Camina y me miraba a mí, alternativamente, como el espectador de un partido de tenis.

Y yo:

—¿Pero es verdad que estás contaminado, infectado...?

—Sí, Carmen, sí.

—Pues pensaba que era broma.

—Pues no.

Le digo:

—¿Y qué te notas? ¿Dice que te afecta al cerebro?

Guille miraba de reojo al tipejo, como pidiéndole permiso para hablar. Pensé: «Está muy acoquinado.»

—Sí, ya has visto. Teleles, dolores de cabeza...

—¿Y tú eres consciente de lo que dices, cuando te da eso?

—No. No sé lo que digo.

—¿Sabes qué decías antes?

Guille, con un desasosiego mundial, miraba al Convidado Impenetrable. Y yo, de boba metepatas:

—La lista de los colegas del cole.

—¿Ah, sí? —se sorprendió Guille, como si le viniera de nuevo, y miró al individuo con un gesto que venía a expresar: «¿Lo ve?»

Y yo me pongo:

—Acebes, Barbeito, Campos...

Y él:

—... Cussó, Fernández, Gómez... ¿De verdad?

Y yo, «¡venga, venga, no te pares!»:

—... Huesca, Iglesias, Isard...

Intervino nuestro Can Cerbero Sin Rostro:

—Supongo que te parece increíble todo lo que está ocurriendo...

Yo, sorda:

—... Javierre, Jiménez, Lallana, Linares...

Para reclamar mi atención, el tío descargó la palma de la mano sobre uno de aquellos taburetes que parecían fabricados con mondadientes. Metió un ruido tremendo y el taburete se hizo astillas. Guille y yo pegamos un brinco y un gritito, y yo exclamé «¡Anda, cuando se entere tu madre, Guille!» y, así, me perdí la primera parte del discurso del Mascarón.

GUILLERMO

El Mascarón se puso a decir chorradas. Cómo improvisaba, el tío. Que si todo debía de parecer muy extraño, que uno cree que esas cosas sólo pasan en las películas...

CARMEN

Sí, en las películas de risa. Decía:

—... Por una de esas terribles casualidades que suceden a veces, por equivocación, el padre de Guillermo trajo a su casa un maletín que se había encontrado en el aeropuerto y que contenía unos cultivos de bacterias elaboradas por los científicos para la guerra bacteriológica...

¿Pero qué guerra bacteriológica? ¿Qué se enrollaba? ¿Es que se había declarado alguna guerra bacteriológica y yo no me había enterado? Qué morro tenía, el tío. Pero no había quien lo parase.

—Por suerte, reaccionamos a tiempo. Seguimos el coche del señor Reynal, desde el aeropuerto hasta aquí, y tratamos de evitar lo irreparable...

—¿Usted y cuántos más? —le interrumpí.

Porque aquello era un rollo Macabeo, aquello era el rollo de un loco, y yo ya me estaba poniendo nerviosa. Éste no, que parecía que le hubieran drogado o que le hubieran pegado en la cabeza con un martillo, pero yo empezaba a estar superfrenética.

—¿Usted y cuántos más?

Y me dice, sin cortarse un pelo:

—Somos tres doctores, aquí.

—¿Doctores?

—Sí, claro. Especialistas en bacterias bélicas.

¡*Bacterias bélicas,* por favor, aquello era delirante! Estaba a punto de darme otra vez la risa floja. Pero una clase de risa distinta de la primera, ¿sabéis? Una risa demente, una risa modelo «sáquenme de aquí».

—Ah, perdón, doctor. No sabía que era usted médico. ¿Y cómo se come eso de que un médico use pistola?

—Soy médico del ejército.

—Claro —exclamé, como diciendo: «Muy astuto. Tiene respuestas para todo, ¿verdad?»

—Soy coronel médico del ejército —insistió él—,

y en estos momentos estoy ejerciendo más como coronel que como médico. No sé si te das cuenta de que esta operación es secreta, mueve muchos miles de millones de dólares y pone en peligro a toda la humanidad. Vamos armados porque tenemos órdenes de recurrir a cualquier medio, ¿comprendes lo que quiero decir?, a cualquier medio, con tal de preservar la seguridad mundial.

—Ya entiendo, ya. Que si hace falta matarnos, que nos mata sin dudar, vaya.

—Exactamente —dijo.

—Bravo —le dije yo.

Entonces, la tira de excusas, para quitarle hierro al disparate.

«Compréndelo..., la paz mundial, la seguridad de la humanidad, la guerra bacteriológica», etcétera. Una empanada como un tráiler. Decidí meter al pájaro en un aprieto, porque yo suponía —muy bien supuesto— que el nombre de la bacteria letal se lo había inventado sobre la marcha, y aquella memez que terminaba en equis no podría recordarla ni tragándose una cucharada sopera de fósforo Ferrero. O sea que le corto el rollo, así, toda inocente, para espetarle bien espetado:

—¿Cómo ha dicho que se llamaba esa bacteria? Es que soy estudiante de Medicina y...

Ahí va. Seguro que el Doctor Tapujos, en ese momento, hizo «¡glup!» y pensó que su mala cabeza lo había metido en un lío.

—Bueno, es una bacteria nueva —respondió—, y su nombre es secreto...

Yo:

—Sí, sí, pero antes la ha llamado de una manera, que no recuerdo, ¿cómo era?

Y él:

—El nombre es lo de menos. En realidad...

Y yo:

—No, no. El nombre es importante porque *blablablá*...

Y él, exasperado:

—¡Se llama *curimia véntrix*!

Y yo, toma ya:

—Eso no es lo que ha dicho usted antes.

Y él:

—Sí que es lo que he dicho.

Y yo:

—No es lo que ha dicho.

—¡He dicho *curimia véntrix*! —y repetía, como un obseso, para que no se le olvidara otra vez—: *¡Curimia véntrix, curimia véntrix, curimia véntrix!*

Y yo:

—No, no, no era eso, no.

Lo estaba enfureciendo.

—¿Ah, no? ¡Pues bueno!, ¿cómo he dicho, según tú? ¡Vamos, dime lo que he dicho, a ver, tú que eres tan lista, a ver! ¿Cómo he dicho? ¡No te acuerdas!, ¿verdad? ¡Pues yo sí que me acuerdo! ¡He dicho *curimia véntrix*! ¡Eso he dicho!

Le digo:

—No ha dicho *curimia véntrix*, ni antes ni ahora, hace un momento.

—¿Que no?

101

—No. Hace un momento, ha dicho *carapia vórtix*.

—¡No he dicho *carapia!* ¡He dicho *curimia!* —se puso como una moto.

Bueno, así estuvimos entretenidos un buen rato. Al final, yo ya había conseguido que Guille sonriera un poco, y hasta que se le saliera una risita decente en forma de pedorreta y salivilla y, al menos, así me daba por satisfecha. Pasó el tiempo en bobadas y no tuve oportunidad de elaborar más mis sospechas. Me parece que, por dentro, sin darme cuenta, me iba convenciendo de que el fulano en cuestión era una especie de *serial killer* como el asesino de la motosierra de *La Matanza de Texas* o como Freddy Krüger. Un enésimo sentido me advertía que era más prudente no seguir azuzándole: la mayoría de los manuales de caza desaconseja hurgar con palitos en las cavernas de los tigres, pero no podía parar. La risita de Guillermo me animaba a continuar enrollándome, y la furia del monstruo me divertía una enormidad, y yo dale que dale y dale que te pego, que no sé dónde habríamos llegado si el teléfono no se hubiera puesto a sonar, por sorpresa, como un desaforado.

Qué timbrazo. Una chicharra ensordecedora, que atravesaba los tímpanos dejando, a su paso, un pitido penetrante e insistente, como las explosiones de amonal. Yo me hundí en el mullido sofá hasta que sólo se me veían los ojos y la nariz. Guille directamente se murió despatarrado en el sillón, y el embustero carnavalero se encontró agarrado al techo con las uñas. Supongo que teníamos los nervios de punta y eso contribuyó no poco a nuestras reacciones.

Tardamos unos instantes en percatarnos de que el timbrazo maldito procedía del teléfono y, entonces, jugamos al badminton con las miradas: yo te la paso a ti, tú me la pasas a mí. Guille y su invitado fantasma pensaban: «¿Y ahora qué hacemos?»; yo pensaba: «A ver ahora qué hacéis», y me levanté del sofá con la evidente intención de responder; y el Loco del Antifaz pegó un brinco:

—¡No! —dijo, y añadió—: Ya respondo yo.

Y respondió.

Capítulo 18 VIII

 **CARMEN**

Todavía no eran las seis de la tarde cuando mi padre telefoneó a casa de Guille. Supuse que se adelantaba al horario previsto porque estaba comiéndose el tarro con mil ideas raras referentes a lo que pudiéramos estar haciendo Guille y yo a espaldas de los señores Reynal.

El Doctor No que descuelga el auricular, se lo pega al casco pintado de blanco y dice «diga» con voz de quien está dispuesto a añadir: «No, están en Australia, yo soy el de la limpieza.» Y no pude verle la cara, pero me la imagino, cuando papá le espetó el rollo Macabeo. Mi padre no podía limitarse a: «Sabemos que Carmen está ahí. Vamos por ella.» Tenía que añadir algunos toques personales del estilo de:

—Hola, muchacho. Calla y escucha lo que tengo que decirte. Somos diez hombres y todos estamos armados. Subfusiles y fusiles de combate, pistolas y granadas de mano. Esto sólo para decir que queremos que nos entregues a Carmen Mallofré en cuanto te la pidamos. A las nueve en punto, toma nota, *nueve o'clock* (que, luego, yo diría: «¿A las nueve de la noche? Pero si habíamos quedado con mi padre a las ocho... ¡Qué raro...!»). Llamaremos a esa puerta y tú, sin chistar, pondrás en el umbral a la chica, cerrarás la puerta y cerrarás la boca y tendrás un ataque de amnesia y no recordarás haber visto a la chica, ni haber hablado conmigo. De lo contrario... ¿Hace falta que diga lo que te pasará si no haces lo que te pido?

—No, no... —dijo el Rostro Impenetrable, evidentemente amilanado.

—¡Pues repite! —le exigió mi padre—. ¡Desde el principio, a ver! ¡A ver si lo has entendido todo!

Capítulo 11 IX

CARMEN

Guille se quedó boquiabierto, estupefacto, ante el repentino acoquinamiento al teléfono de nuestro *acoquinador*.

Yo miraba a Guille con ganas de que me echara un ojo y así poder tranquilizarle, «todo está controlado», pero él no podía apartar la vista del Doctor Cagliostro sin Rostro.

Le oímos decir «no, no» y, a continuación, muy azorado:

—Bueno, pues que quiere usted que le entreguemos a Carmen Mallofré y que, una vez entregada, nos olvidemos del asunto...

Al oír mi nombre, Guille dirigió hacia mí una mirada lenta y atónita antes de regresarla al Médico Sin Cara, que se interrumpía en seco y balbuceaba:

—¿Usted...? Perdone, ¿usted o ustedes son de la policía?

Pegó un respingo cuando escuchó algún exabrupto y, a continuación, repitió, muy sumiso:

—A las nueve de la noche, sí, señor.

Depositó el auricular en su sitio y se volvió hacia mí, lentamente. Esperaba una explicación.

—¿Tú te llamas Carmen Mallofré? —se aseguró Máscara Blanca.

—Ah, sí —exclamé, con risita de «no sé dónde tengo la cabeza»—, qué tonta, ya no me acordaba. Es que ya le dije antes por teléfono que me encuentro en una situación bastante comprometida. Estoy metida en un lío de considerables dimensiones y necesito ayuda.

Ni Máscara Blanca ni Guille tenían intención de pronunciar una palabra. Sólo me miraban y escuchaban, muy atentos. Y, por telepatía, me parecía captar el entusiasmo de Guille. Como si estuviera gritando, mentalmente: «¡Olé las chicas guapas, ésta es la Carmen que yo quiero!» Porque tampoco se creyó ni una palabra de mi rollo, claro.

GUILLERMO

Ni una palabra.

CARMEN

Así que solté mi copla:

—Me persigue una banda de ladrones internacionales. Sería muy largo de contar cómo sucedió pero el caso es que ha venido a parar a mis manos un valioso collar robado, una joya de valor incalculable...

Antes de que pudiera seguir, Guille me echó un cable:

—¿Y tu padre, el policía?

¿Mi padre, el policía? Yo: «glups». ¿De dónde sacaba que mi padre era policía? Pero, bueno, no era mala idea. Cuestión de improvisar un poco más y la cosa incluso resultaría más verosímil. Después de todo, un sujeto capaz de inventarse una bobada como la historia de la epidemia tiene la obligación de creerse cualquier cosa. Así que le preparé el paquete con todo cuidado, con lacito y todo.

—Bueno, todo arranca de una investigación de mi padre, como te puedes imaginar. Hace tiempo que él está detrás de esta organización de ladrones internacionales. Pero lo dejaron fuera de circulación. Hicieron creer a sus superiores que él era un policía corrupto, que estaba conchabado con la mafia en sus múltiples robos. De esta forma, cuando mi padre reunió unas pruebas concluyentes y las llevó a sus jefes, éstos quisieron detenerlo. Dijeron que todo era falso, que no era más que una maniobra de distracción para enviar a la cárcel a los inocentes y para que se salvaran los culpables —os prometo que me lo iba inventando sobre la marcha, pero me parecía que me salía estupendamente y me iba animando y añadiendo detalles—. Por suerte, mi padre pudo escapar. O lo dejaron escapar sus compañeros, los compañeros honrados que sabían que, en realidad, era inocente. Escapó y, en seguida, telefoneó a casa y me dijo que estaba escondido y que no podía salir de su escondite, y me contó el lío en que andaba metido. Dijo que la policía se presentaría para hacer un registro y que encontrarían algo que lo comprometería seriamente. No sabía dónde podían haberlo escondido sus enemigos pero sí que sabía lo que po-

109

día ser. Puesto que se trataba de ladrones de joyas, se trataría de una joya de valor incalculable.

Yo insistía en lo del valor incalculable porque sale en todas las películas y te ahorra poner precio a los tesoros que te inventas. Estaba entusiasmada con mi historia. No recuerdo cómo era la que me había inventado antes de llamar a la puerta de la casa, y supongo que compartía muchos elementos con la nueva, pero lo que me estaba inventando era un *best-seller*, sin duda.

—Me puse a registrar el piso como una loca, como podréis comprender, y acabé encontrando la joya por deducción. Me planteé quién podría haberla escondido, me dije que sólo habíamos tenido una visita aquel día: el hombre del butano. Calculé el recorrido que podía haber seguido el hombre del butano y, descartando el recibidor y el pasillo, tuve que quedarme con la cocina. ¡No podía haberla escondido en ninguna otra parte! Me dije también que la habría puesto en algún lugar donde a la policía le resultara fácil encontrarla. Un lugar difícil para mí pero fácil para la policía. ¿Y dónde os parece que la encontré?

—¿Dentro del bote del azúcar? —sugirió el enmascarado con fervor.

Asentí e hice una mueca: «acertaste». La verdad es que acababa de sacarme de un apuro porque yo no sabía dónde hubiera escondido la joya.

—En el bote del arroz —maticé.

Es verdad que, en las películas, cuando se pone a registrar, la policía siempre hurga en los botes de la cocina. Y, como si yo misma hurgara en el bote en aquel

110

momento, saqué a la luz la prueba de que todo lo que decía era verdad. Un collar de diamantes valorado, según mis cálculos, en cien pesetas.

—Allí encontré este collar. ¿Lo reconocéis?

Podrían haberme dicho: «Sí, hombre, se puede encontrar en cualquier establecimiento de *Todo a Cien.*» Pero no lo dijeron.

—Ha salido en todos los periódicos —afirmé con la firmeza de los suicidas—. Desapareció de casa de los marqueses de Urquijo, cuando el famoso asesinato, ¿os acordáis? Bueno, pues aquí está. Si lo hubieran encontrado en poder de mi padre, habría sido su ruina, su fin. Lo habrían acusado de ladrón, de encubridor, de corrupto... Por un momento, pensé que lo había salvado de la quema, pero las cosas se torcieron en el último instante. Yo salía de casa para deshacerme del collar cuando abro la puerta y me encuentro... ¡al hombre del butano! Claro: tendría que habérmelo imaginado. Este collar es valiosísimo, es de un valor incalculable. No lo iban a dejar allí sin vigilar qué pasaba con él. Además, por lo que pude comprobar, había alguien de la banda que no se resignaba a desprenderse de la joya. Bueno, el caso es que el butanero me pegó un empujón, se apoderó del collar y echó a correr escaleras abajo. Yo pensé: «Bueno, que se lo lleve él, al menos no lo encontrarán en poder de mi padre.» Pero, entonces, oigo que se abre el portal, abajo, y que entra la policía. Dos inspectores de policía que subían corriendo las escaleras. Los reconocí: dos compañeros de mi padre. Carmona y Górriz —endiñé los nombres del profe de Sociales y del profe de Gimnasia—. Estuve a punto

111

de gritar «Socorro, policía, al ladrón» pero, antes de que lo hiciera, oigo que gritan: «¡Eh, tú, ¿dónde vas?» Y, ¡pam, pam!, dos tiros. Me asomo por el hueco de la escalera, para mirar, y veo que han matado al butanero, y que uno de los policías coge el collar y mira hacia arriba... *¡Y nuestras miradas se encontraron, si entendéis lo que quiero decir!* Entonces, lo comprendí todo. Los policías que venían a hacer el registro, ésos sí que estaban conchabados con los ladrones internacionales. Habrían mirado directamente en el bote de arroz, porque sabían que el collar les estaba esperando en el bote de arroz. Y habían matado a aquel hombre porque se estaba llevando la prueba. Y yo había sido testigo del asesinato. Me di por muerta.

Entonces, me interrumpe el Médico Sin Cara:

—¿Y cómo recuperaste el collar?

Y yo:

—¿Qué?

—¿Que cómo recuperaste el collar?

Buena pregunta. No lo tenía pensado. El collar estaba en mi mano en aquel momento o sea que, de una forma u otra, tenía que haberlo recuperado. Bueno: no te preocupes por la verosimilitud. La gente se siente más inclinada a creerse lo inverosímil que lo normal. Las cosas que merece la pena explicar siempre son sorprendentes, y *sorprendentes* significa que no son normales. La cuestión es contarlas sin pestañear, con convicción. Y yo tenía a mi público en el bolsillo.

GUILLERMO

De eso puedes estar segura.

CARMEN

Me pregunta el tío:

—¿Que cómo recuperaste el collar?

Y yo, presa del pánico, dije:

—Pánico. Presa del pánico y de la indignación. Perdí la cabeza y empecé a correr escaleras abajo, gritando «¡asesino!». Uno de los policías, Carmona, me encañonó con su pistola reglamentaria, y el otro, Górriz, desvió el arma: «¡Quieto! ¡Es la hija de Mallofré!», le oí decir. Me tiré de cabeza contra ellos y agarré el collar pensando: «¡He sido testigo de un asesinato! ¡Y esto demostrará que estoy diciendo la verdad!» Y, no me preguntéis cómo, me escabullí. Los empujé a los dos, continué bajando las escaleras a toda velocidad, escuché sus voces, «¡Idiota!, ¡deténte, niña!, ¡vamos a por ella!», y me perdí por la calle, corriendo como loca. Pero no me atreví a avisar a la policía, ¿comprendéis? No sabía si me iba a encontrar con más policías corruptos, con los enemigos de mi padre... No sé qué hacer. No sabía dónde acudir, de modo que he venido aquí...

GUILLERMO

Entonces, intervine yo, que hacía rato que tenía ganas de incorporarme al rollo. Salté indignado:

—¡Ah, claro, y vienes aquí creyendo que nadie te habrá seguido la pista!, ¿verdad? ¡Somos novios durante todo el curso, todo el mundo en tu familia me conoce, he ido a comer con tu padre y con los amigos de tu padre, con Carmona y con Górriz estuve jugando a los bolos cuando hicimos aquel trabajo de Sociales...!

113

¿Y tú te crees que éste es el refugio más seguro del mundo? ¡Es el primer sitio donde se les habrá ocurrido mirar, so pava! Se habrán preguntado: «¿Dónde puede haberse escondido esa niñata?» Y se habrán respondido, porque la policía no es tonta: «En casa de Guillermito Reynal, naturalmente.»

CARMEN

Y yo, compungida y confusa, me incorporo en el sofá y, apoyándome en el asiento y el brazo, avanzo, casi gateo, hacia el sillón donde estaba Guille:

—Necesitaba ayuda, Guille. No sabía dónde acudir. Si hubiera sabido que estabas ocupado con esto de la epidemia, no te habría molestado, pero...

Y qué demonios, él mismo acababa de decir que habíamos sido novios durante todo el curso, ¿no?, así que decidí iniciar mi tan deseada aproximación y me arrojé en sus brazos en plan de «¡oh, Guille...!».

El Hombre del Casco de Prevención Sanitaria Antivírica se había puesto muy nervioso. Se lo había tragado todo. He llegado a la conclusión de que no hay nadie tan crédulo como los mayores embusteros. Con avidez de ladrón nada reprimida, me arrancó el collar de entre los dedos y balbució algo así como:

—¡Tienes que irte de aquí! ¡Estamos trabajando para salvar a la humanidad y no podemos permitir que un puñado de gángsters venga a interrumpir nuestro trabajo!

—¿Que me tengo que ir?

—Inmediatamente. Fuera.

—¿Pero cómo va a salvar a la humanidad si salgo

114

a la calle, en plena fiesta mayor, y me pongo a contaminarlo todo...!

—¡No te preocupes! ¡No puedes contaminarlo todo
porque no estás contaminada!

—¡Pues claro que estoy contaminada!

—¡No estás contaminada!

—Usted antes ha dicho que estaba contaminada...

Él, empecinado:

—No puedes estar contaminada.

—... Que tenía que hacerme no sé qué análisis...

—No puede ser.

—¿Cuáles son los primeros síntomas, Guille?

Y el tío:

—Imposible.

Y Guille:

—Dolor de cabeza...

Y yo:

—¡Me ha entrado un dolor de cabeza terrible! ¿Y
qué más?

Y el tío:

—Que no, que no puede ser.

—Manos calientes...

—¡Y las manos me arden! Y ahora mismo me ape-
tece mucho recitar la lista de mis compañeros del cole...
Acebes, Barbeito, Campos, Cussó...

—No puede ser.

—¡¡¡No me diga que no puede ser!!! ¡Me dice que
hay una epidemia horrible, que estoy contaminada y
que corre peligro la humanidad y, ahora, sólo porque
se entera de que me persiguen unos chorizos de tres al
cuarto, se pone con que estoy sanísima y con que tengo

que largarme! *¡Yo también formo parte de la humanidad!, ¿sabe?*

—¡Está bien! ¡Te haré esos análisis y te largarás de aquí con viento fresco! —y, con gesto de actor en su mutis más glorioso, dijo—: ¡Esperadme un momento, en seguida vuelvo! —y salió corriendo y se perdió por la puerta del sótano, escaleras abajo.

Deslumbrado por el collar que tenía en la mano, se olvidó de llevarse a Guille como rehén.

Capítulo 12 XVII

GUILLERMO

Tras escuchar la apasionante historia de Carmen, Míster Ideas de Bombero regresó al sótano con una entrada sensacional. El tacón derecho le falló en el tercer o cuarto peldaño y bajó el resto de las escaleras de golpe, como si fueran un tobogán. Terminó sentado en el suelo y tratando de aparentar que lo había hecho a propósito.

—¿Qué estáis haciendo vosotros dos? —no esperó la respuesta—. Bueno, pues dejadlo, que tenemos problemas. Que resulta que a la chica que tenemos arriba la persigue una banda de gángsters...

—¿Qué? —se le escapó al Gorila, inexpresivo.

—Que a la chica de arriba la persigue una banda de gángsters...

—¿Una banda de qué?

—Una banda de gángsters, ladrones de joyas profesionales. Y acaban de telefonear diciendo que vienen a por ella, y que vienen armados. O sea, que tenemos que librarnos de esa cría. O sea, que tengo que ir a comprar mascarillas de cirujano, jeringuillas, guantes... Le haré un reconocimiento médico, le diré que está sana como una manzana y la echaré a la calle...

Ése fue el momento en que el Gorila dijo «no» y Míster Ideas de Bombero dijo «¿qué?», y la atmósfera del sótano se volvió densa y pesada, como las calles de aquel pueblo donde Gary Cooper esperaba solo ante el peligro.

—He dicho que no —repitió el Gorila, muy serio y muy firme—, que basta ya de tonterías. Si una banda de gángsters tiene que venir a por la chica —dicen mis padres que el tono de su voz daba a entender que dudaba muchísimo de la existencia de esos gángsters—, no te libres de la chica. Consérvala. De lo contrario, cuando vengan, te montarán un escándalo por haberla dejado escapar —sólo faltaba que añadiera «idiota»—. Guárdatela arriba, entreténla con tu amable charla hasta que lleguen y, cuando llamen a la puerta, les dices: «Tomad a la muchacha y dejadnos en paz.»

Este discurso tenía una segunda lectura: «Vete TÚ arriba y déjanos en paz».

En ese momento, creo que el Gorila mereció ser ascendido a la categoría de Dos-Dedos-de-Frente. Míster Ideas de Bombero abrió la boca para replicarle como se merecía, pero no encontró ninguna frase lo bastante sólida. Entonces, pareció que se resquebrajaba su entereza y que furtivas lágrimas asomaban a sus ojos de niño mimado. Aceptó al fin, dándoselas de ecuánime:

—Tienes razón. Me parece una buena idea. Pero eso no quita que tenga que ir a comprar esas cosas a

118

una farmacia de turno. Así es como tendré distraída a la chica hasta que vengan a buscarla. Le haré un análisis de sangre, unas pruebas...

Qué perra le había cogido con los análisis de sangre.

—De manera que tendrás que subir y controlar a los chicos...

—¿Quién los controla ahora?

Tremenda pregunta que ensanchó notablemente las grietas del aplomo del jefe de la operación.

—Yo, pero, bueno... —necesitaba gritar; si no gritaba inmediatamente, caería en el más abyecto de los llantos—. ¡Pero no harán nada! ¿No te das cuenta de que tenemos amenazados a los padres del chico? ¡Ese chico no piensa hacer nada! ¡Nada! ¡Y lo que tú vas a hacer, inmediatamente, es subir arriba y controlarlos mientras yo busco una farmacia de turno!

—No. Lo siento, pero tengo que ayudar a éste a preparar los explosivos.

—¿Los explosivos?

A mis padres también se les pusieron las orejas de palmo. «¿Los explosivos? ¡Dios mío!» Explosivos en manos de aquel filibustero podía significar cualquier cosa.

—Esta pared es inatacable con los cacharros que ha traído éste —continuó diciendo Dos-Dedos-de-Frente—. O le metemos explosivos o no acabaremos nunca.

—¿Pero ha traído explosivos?

—Unos pocos —dijo el Chapuzas, falsamente modesto.

—A las ocho de la noche, llegará frente a esta casa

120

la carrera de motocross de la fiesta mayor. Meterán un ruido infernal. Aprovecharemos ese ruido para hacer explotar la carga...

—¡Y a las nueve se presentarán los gángsters...! —gimió el rey destronado.

—Con un poco de suerte, a las nueve ya no estaremos aquí. Pero, por si acaso, retén a la chica arriba...

—Es verdad. Iré a la farmacia de turno...

Dos-Dedos-de-Frente perdió la paciencia:

—¡No irás a la farmacia de turno!

—¡Sí que iré a la farmacia de turno! ¡Vosotros haced lo que queráis, pero yo tengo que irme a la farmacia![1] ¡Y no admito discusión!

La farmacia de turno era su último bastión y debía defenderlo. Si no se salía con la suya, más valía que se fuese a casa y se dedicara al macramé.

—¡Esa chica tiene que pasar por un reconocimiento médico! ¡No puedo echarla a la calle, así como así, sin haber comprobado si está o no está infectada!

—Pero, escucha... —Dos-Dedos-de-Frente se desanimaba.

—¡Y no me discutas más!

—... No está infectada. La epidemia te la has inventado tú.

La evidencia de su desbarro hundió definitivamente

---

1. Hace rato que estoy suavizando la forma de expresarse de aquellos energúmenos, que se volvían más deslenguados conforme aumentaba su nerviosismo. Si transcribiera exactamente lo que decían, este libro tendría que venderse bajo mano en librerías clandestinas.

al jefe de la banda. Como niño despechado, se puso a berrear dislates equivalentes al «anda que tú»:

—¿Y quién pagó la fianza para que no te pudrieras en la cárcel el año pasado? ¿Y quién te ha prestado dinero cada vez que te has arruinado en tus timbas? ¿Y quién te estuvo cuidando, hace dos años, cuando te rompiste la cadera y no tenías ni dónde caerte muerto?

—Bueno, bueno, eso ahora no... —dijo el Gorila, abochornado.

—¡He echado a mi mujer de la cama para que te pusieras tú, con tu fiebre, tus miasmas y tus vómitos! ¡Y hasta te dejé mis pijamas y lavé tus calzoncillos!

—¡Está bien, está bien!

—¿Quién te aguantó la depresión, cuando lloriqueabas «me quiero morir, me quiero morir»...?

—¡Está bien, está bien! ¡Vete a tu maldita farmacia!

Míster Ideas de Bombero se tragó los mocos ruidosamente pensando que así recuperaba su dignidad.

—Eso es lo que quería oírte decir.

—Haré bajar a los chicos...

—¡No seas loco! ¿Quieres que la chica vea todo este tinglado? ¿Quieres que se lo cuente a los gángsters que la vengan a buscar? «Pues estos señores están robando el banco de al lado.» Dirán los gángsters: «Pues queremos nuestra parte»...

—¿Pues cómo quieres que vigile a los de arriba y a los de abajo al mismo tiempo?

—Tengo una idea —dijo Míster Ideas de Bombero.

Capítulo 13 X

GUILLERMO
...Y yo, mientras, resistiéndome a los besos fe-briles, apasionados y devoradores de esta hambrien-ta, manteniéndola a raya gracias a las nociones de taekwondo que me enseñan en el gimnasio...

CARMEN
¡Calla ya, que no has pisado un gimnasio en tu vida!

GUILLERMO
... Puse a Carmen al corriente de la situación y le repetí las palabras al vesre que antes le había dicho.

—¡Nesdrolason, drespamis, rosnesiopri! ¡Que eres boba, que no te enterabas y eso que te lo estaba di-ciendo clarísimo!

Y ella:

—¿Pero el qué?

Empecé por el principio: ojos cerrados, lengua fuera, la señal del vesre. Y hace Carmen:

—¡Ah!

Digo:

—Nesdrolason...

Dice:

—¿Nesdrolasón?

—Drespamis...

—¿Drespamis?

—¡Rosnesiopri!

¡Que no me lo había estado yo estudiando y ensayando en secreto para que ella ahora me soltara «qué tonterías me decías»!

—¿Pero qué tonterías me decías? ¿Rosne...?

CARMEN

Bueno, vale ya de cachondeo. Que por fin lo ligué todo. ¡Claro! ¡Nesdrolason, drespamis, rosnesiopri! ¿Ves cómo por fin me lo aprendí? «Nesdrolason, drespamis, rosnesiopri», al vesre, es: «Son ladrones, mis padres, prisioneros». Mi cerebro, triple salto mortal. La carne se me pone de gallina, la carne se me pone de cañón. ¡Vaya, conque era eso! ¡Haberlo dicho antes! Así que el *mascarudo* era un ladrón y tus padres estaban prisioneros. Me quedé bizca un rato, un silbido atravesó mis oídos como un rayo láser, me dio un amago de infarto y me desmayé un segundín, total nada, en realidad ya me había olido algo parecido. Era un palo pero, bueno, siempre mejor que un asesino descuartizador o el profe de Gimnasia dispuesto a hacer de nosotros atléticos deportistas o cosas así.

124

GUILLERMO

Sí, sí, eso me dijiste entonces, y entonces yo te dije que a ver por qué te creías que se ocultaban el rostro ante ti, pero no ante mí. Porque pensaban matar a la familia Reynal cuando todo hubiese terminado, claro. Y Carmen se puso lívida, o sea, pálida.

CARMEN

Lívida y pálida no es lo mismo.

GUILLERMO

Y me dijo:

—No te puedo creer.

Y yo:

—Hombre, pues cómo te lo digo. Si nos dejan vivos, cuando esto acabe, mis padres y yo nos vamos a la policía, nos enseñan el *casting* de chorizos que tienen allí, los reconocemos y los trincan en dos días.

CARMEN

El caso es que, si galgos, que si podencos, se hacía urgente forjar un plan de huida. Pero besito va, besito viene, SWAK, superencuentro, súper *Sealed With A Kiss* y explicación de esto y discusión de lo otro, antes de que nos diéramos cuenta ya estaban allí otra vez: el Soldador Autógeno y un gordo de andares patosos disfrazado de la Momia y sujetando una larga cuerda que salía de su mano y se iba arrastrando por el suelo, pasillo allá, hasta la puerta del sótano, donde se perdía definitivamente.

El Circo Mundial y los payasos, vamos.

GUILLERMO

Me contaron mis padres que el gordo había hecho jirones una sábana que teníamos abajo, cubriendo un sillón, y se había confeccionado con ella una especie de vendaje para ocultarse el rostro.

CARMEN

El Doctor de la Máscara Blanca hizo las presentaciones. Dirigiéndose a mí, como si no supiera que Guille había tenido tiempo de contarme de qué iba la peli, dijo:

—Este señor también es médico militar y es otro de los expertos que lleva a cabo la operación. Yo tengo que ausentarme, pero él os vigilará para que no cometáis ninguna tontería —no aclaró por qué todo un dignísimo médico militar llevaba envuelta la cabeza con retales de sábana—. Tú, Guille, ven conmigo al sótano.

Arrancó a Guille de mis brazos y lo arrastró hacia la puerta de entrada. Traspusieron la de cristales esmerilados, doblaron a la izquierda y se hundieron en las profundidades de la tierra.

Yo me quedé a solas con aquel gordo sudoroso, del que se desprendía un penetrante olor. No sé por qué llevaba un jersey de lana de manga larga y cuello alto en pleno verano. Ocupó una silla, despatarrado como se ven obligados a hacer los que tienen los muslos demasiado gordos. Respiraba trabajosamente, sonaba como un fuelle. Pensé que no estaba bien de salud y que, con un poco de suerte, le daría un infarto y se moriría a mis pies.

Y, hablando de pies, creo recordar que los suyos apestaban como si dentro de cada zapato tuviera escondido un cadáver en descomposición.

Yo no sé qué hice, fui para levantarme, o busqué una postura más cómoda, porque me había quedado medio echada sobre el brazo del sillón, abrazadísima a Guille pero sin Guille, el caso es que me moví, así, y entonces la Momia Gorda me señaló con el dedo índice de la mano izquierda y gritó:

—¡Tú quieta ahí!

Fue un movimiento instintivo. No se dio cuenta de que, al hacerlo, tiraba de la cuerda que estaba sujetando y del sótano nos llegó el ruido de un estampido, ¡pam!, como si hubieran hecho explotar un petardo.

Y, después de la explosión, una carcajada jubilosa y el grito demente del Doctor Enmascarado, desde abajo:

—¡Albertón, coño!

Y Albertón se quedó así, encogido, como niño atacado por súbitas ganas de hacer pis, y le oí murmurar:

—¡Anda la osa!

Duraban todavía las risotadas de alguien que se lo estaba pasando divinamente en el sótano (¿estaban celebrando la fiesta mayor, allí abajo?), cuando apareció de nuevo la Máscara en el pasillo y se nos vino encima hecho una furia.

—¿Estás loco? —él sí que gritaba como un loco—. ¿Estás loco?

Agarraba al gordo del jersey de lana y trataba inútilmente de levantarlo en vilo. Me parece que le hubiera gustado ser más explícito pero mi presencia lo cohibía. Por eso, se limitó a preguntarle un par de veces más si estaba loco («¿Estás loco, eh?, ¿qué es lo que te pasa?, ¿que estás loco?») y, por fin, lo empujó haciéndolo caer sobre la silla, una de cuyas patas falló y dio estrepitosamente con el pobre Albertón en tierra. Eso hizo que el obeso tirase otra vez del cordel y, de abajo, escucháramos otra explosión, y más risas y chillidos de personas distintas.

El Esperpento de la Máscara de Soldadora Autógena le pegó un pescozón a su colega, le gritó «¡Que te andes con cuidado, patoso!» y salió corriendo hasta la puerta de salida. Se detuvo un momento para interesarse por los del sótano.

—¿Estáis bien?

De abajo, le respondió un vocerío, como si allí dentro estuviera reunida la Coral Sant Jordi:

—¡Sí, estamos bien!

Y, muy presuroso y nervioso, nuestro carcelero sacó un manojo de llaves del bolsillo, manipuló en la cerradura, abrió la puerta de la calle y salió. Al mismo tiempo, se desprendió de la máscara y la dejó en el pequeño vestíbulo con gesto tan rápido que no tuve oportunidad de verle el rostro. Cerró de un portazo, escuché los ruidos enérgicos del cerrojo y lo perdimos de vista por un buen rato.

El sudoroso Albertón se puso trabajosamente en pie, recuperó la cuerda cogiéndola con dos dedos y ocupó otra silla procurando moverse con la delicadeza de una bailarina. Sólo le faltaba el tutú.

128

Capítulo 14 XVIII

GUILLERMO

La última idea genial de Míster Ideas de Bombero consistía en fijar una pistola al respaldo de una silla y atarle una cuerda al gatillo. Era la cuerda larguísima que sujetaba Dos-Dedos-de-Frente arriba y la pistola apuntaba a mis padres.

Cuando lo vi, me quedé parapléjico total.

Bueno, mis padres serán como sean y de vez en cuando discutimos y no me comprenden y no me dejan hacer muchas cosas que me gustaría hacer y suelen obligarme a hacer precisamente lo que menos me gusta, pero no les quiero ningún mal, a ver si nos entendemos. Me encanta perderlos de vista y que me dejen en paz, pero cuando sé que se han ido a Australia y se lo están pasando bien. Después de todo, me cuidaron cuando era pequeño, y me compraron bastantes juguetes, y me permitían comer caramelos y polos, y se dejaban colar de vez en cuando un poco de cuento para no ir al cole, y sólo recuerdo una bofetada bien

129

dada en toda mi biografía. O sea, que son buena gente y me ponía los ojos de punta la posibilidad de que les pegaran un tiro. No os exagero si os digo que se me produjo un atasco en la garganta, como de ganas de llorar o algo así.

Míster Ideas de Bombero me agarró por el cogote y me obligó a mirar aquel horror, y las caras demudadas de mis padres.

—¡Mira esto, niñato! —dijo el loco, más cruel y despiadado que nunca—. ¡Si intentas algo, cualquier cosa, un cuchicheo con tu novia...!

Nos interrumpió el Chapuzas, imprudente:

—Oye, espera, una cosa...

Míster Ideas de Bombero soltó un bufido.

—¿Pero no ves que estoy acoquinando al chico, hombre? ¿No ves que me rompes el clima? ¿Cómo lo voy a acoquinar si estás interfiriendo todo el rato?

—No interfiero todo el rato. Sólo una cosa.

—¡Di!

—Tú ahora te vas, ¿verdad?

—¡Sí! ¡Qué!

—Que yo, ahora, pongo la carga explosiva y, a las ocho, la hago estallar. A las ocho reventamos la pared, arramblamos con toda la pasta y nos largamos. Y, si no has venido, nos largamos sin ti. ¿Entendidos?

—¡Claro que sí! ¿Dónde te crees que voy? ¿De excursión?

—Bueno, buscar una farmacia de guardia no es tan fácil...

—Vale, vale. ¿Algo más?

—No. Nada más.

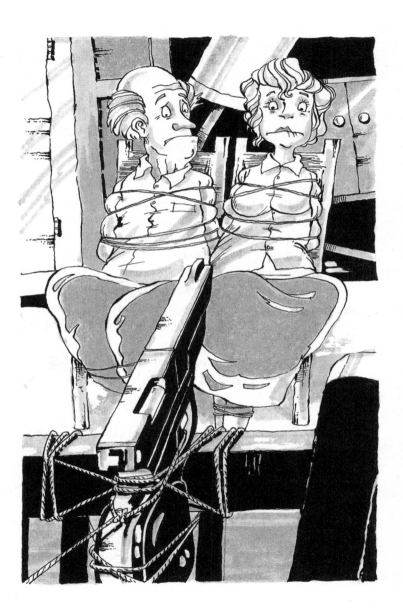

—Bueno, pues...

No me había soltado el pescuezo pero, por lo visto, había perdido el hilo. Con dos dedos se exprimió los ojos para ver si de ellos salían las ideas.

—¿Dónde estábamos?

Yo le eché una mano, como muestra de buena fe:

—Que, si intento algo, cualquier cosa, un cuchicheo con mi novia...

—¡Ah, sí! —y recuperó la crueldad de loco asesino—: ¡Si intentas algo, cualquier cosa, un cuchicheo con tu novia, un secretito, el menor movimiento sospechoso, mi amigo de arriba tirará del cordel y saldrá una bala y tus padres morirán! ¿Lo has entendido o tendré que repetírtelo otra vez?

Yo hacía así con la cabeza, que no, que no, porque me asustaba mucho escucharlo, pero lo repitió con otras palabras porque a Míster Ideas de Bombero le gustaba que las cosas quedaran claras:

—¡Bastará con que *pienses* en la posibilidad de *pasarte de listo* y tus padres *morirán*!, ¿me estás entendiendo?

—¡Que sí, que sí! —dije al fin.

Y, como si mi afirmación no fuera suficiente y quisiera demostrarme de qué estaba hablando, en ese mismo momento se disparó la pistola. ¡Pam!, y el sótano se llenó de ecos metálicos. La bala rebotó en la pared y se clavó en un mueble. El Chapuzas se agachó llevándose las manos a la cabeza como quien oye el silbido de la caída de un obús. Y a Míster Ideas de Bombero se le escapó, en un alarido, el nombre del gordo de arriba:

—¡Albertón, coño!

Huelga decir que mi madre estalló en una risa aguda y quebradiza, risa de caída en montañas rusas.

Míster Ideas de Bombero salió corriendo escaleras arriba como salen corriendo los que están dispuestos a partirse la cara con el lucero del alba. Le resbaló la puntera de un zapato y estuvo a punto de partirse la cara sin necesidad de ayuda exterior. Por suerte o desgracia, puso las manos a tiempo y su nariz se detuvo a un milímetro del canto del peldaño más afilado. Recuperó el aliento, terminó de subir y le escuchamos gritar en el piso de arriba.

Mi madre continuaba riendo, con lagrimones que le caían mejillas abajo, y mi padre tenía los ojos cerrados, supongo que concentrado en el rezo del santo rosario o algo así.

El Chapuzas se acercó a nosotros y contempló con pesar el cuadro plástico que componíamos.

Comentó:

—Desde luego...

Yo creí que se compadecía de nosotros y que se lamentaba del comportamiento criminal de sus compañeros. Pero, entonces, le veo agarrar la pistola y colocarla mejor, apuntando directamente a la voluminosa humanidad de mi madre a quien, por lo visto, el detalle hizo una gracia tremenda.

Terminaba de colocar el Chapuzas la pistola cuando el cordel volvió a ponerse tirante. Esta vez, sin embargo, la sacudida fue tan fuerte que hizo que el arma apuntase al suelo y que la bala rompiera dos o tres baldosas, arrancara revoque del techo y cayera de nuevo sobre uno de los muebles. El estampido nos ensordeció, hundimos la cabeza entre los hombros y suspiramos al ver que seguíamos milagrosamente vivos. Mi madre, además de suspirar, celebró la situación con otro interminable ataque de hilaridad.

Desde abajo oímos la bronca que Míster Ideas de Bombero pegaba a Dos-Dedos-de-Frente: «¡Que te andes con cuidado, patoso!» Y, luego, el grito que pegó en lo alto de la escalera:

—¿Estáis bien?

Respondimos todos a coro, muy aliviados:

—¡Sí, estamos bien!

Portazo arriba. Se fue.

Mientras mi padre y yo consolábamos a mamá de sus risas, el Chapuzas se entretuvo colocando bien la pistola que nos encañonaba. Luego, cuando pude prestarle atención, me recordó:

—No tientes otra vez a la suerte, que a la tercera va la vencida. Pórtate bien y no te pasará nada.

Pero yo no estaba nada dispuesto a portarme bien. Iba a tentar la suerte tantas veces como hiciera falta y mi primer objetivo consistía en informar a Carmen de todo lo que ocurría y en trazar con ella un plan de acción. Me puse a improvisar.

—¿Tiene tapones para los oídos? —pregunté.

El Chapuzas me miró, parpadeando. Ya había empezado a dirigirse a sus obligaciones y no parecía comprender a qué venía aquello. Como si le hubiera pedido que me describiera un camaleón.

—No —dijo—. Anda, ayúdame a montar una barricada aquí.

134

—Pero no podemos hacer estallar una carga aquí dentro sin taparnos los oídos. Se nos reventarían los tímpanos: ¡sordera total!

El Chapuzas me escuchaba atentamente, pero con la cabeza en otra parte. Buscaba una solución aunque no estaba muy seguro de tener que encontrar una solución. Miraba alrededor, como si el suelo estuviera sembrado de soluciones.

—Podríamos... —se aclaró la garganta para hablar más claro—. Podríamos...

Pero yo ya tenía su solución:

—Arriba hay una caja con tapones de cera para los oídos. ¿Puedo ir a buscarla?

Lo miraba con ansiedad desoladora.

Le pareció una buena idea.

—De acuerdo —dijo.

Ya me iba cuando me agarró de la manga. Mirándome fijamente a los ojos, silabeó, como si ya estuviéramos sordos y tuviéramos que leer en los labios:

—Pero recuerda que, como cometas alguna tontería, esta pistola está encañonando a tus padres. Si yo doy la orden, el gordo de arriba tirará del cordel y... a la tercera, va la vencida.

Me permití una bromita:

—¿Podría repetir más fuerte y más despacio, por favor? —le dije.

Gruñó como un perro antes de morder.

—Bueno —renuncié—. Es igual.

Subí a la sala de estar. Por el camino, improvisé una frase al vesre. Tenía mucha práctica en ello. No me podía equivocar.

Llegué a lo alto de la escalera. Me obsesionaba el cordel que unía la mano de Dos-Dedos-de-Frente con el gatillo de la pistola. Para inutilizar el invento diabólico, cerré la puerta de cristales esmerilados y trabé con ella el cordel.

Cerré los ojos y saqué la lengua en honor de Carmen y dije con voz clara y fuerte:

—¡Teve retabla!

Capítulo 15 XI

CARMEN

Cuando reapareció Guille en lo alto de la escalera del sótano, yo ya estaba dispuesta a pasar a la acción. No tenía ni idea de lo que había que hacer ni de lo que podíamos hacer, pero no dudaría en ponerme en movimiento a la menor señal.

Su menor señal consistió en cerrar los ojos y sacar la lengua.

¡Oh, no! Aquello significaba que o bien estaba a punto de darle otro ataque o bien se disponía a darme instrucciones en vesre. No me iba a enterar de nada. Puse cara de total desolación, como si aquella mueca me hiciera muy desgraciada. «Oh, no, Guille, *porfa*, no, piensa otra cosa.» Pero él a lo suyo.

Miró al suelo, cerró una de las hojas de la puerta de cristales esmerilados y entró en la sala de estar diciendo:

—Teve retabla.

«¿Teve retabla?», repetí yo mentalmente. «Pero qué dice. Teve retabla.»

Y continuó, impertérrito:

—Que vengo a buscar tapones para los oídos, para lo de la explosión.

Y yo: «¿¿Explosión??»

Se dirigió a una de las vitrinas, abrió un cajón y de él sacó un pequeño estuche rosa. Lo mostró en alto.

—Aquí lo tengo.

Ya se iba cuando le increpó el gordo Albertón, suspicaz:

—Un momento, un momento. ¿Qué has dicho? ¿Te ve que qué?

—Que teve retabla —insistió Guille con naturalidad, como si esa expresión fuera universalmente conocida.

Comprendí que procuraba que las cosas me quedaran bien claras, que no me cupiera la menor duda.

Acto seguido, echó a correr y desapareció por la puerta del sótano.

Y yo, pensando a toda máquina: «Teve, teve, teve retabla, *teve* al vesre es *vete, vete*, ésa es la primera palabra. ¿Que me vaya? ¿Dónde? Retabla, bla-ta-re, ¿blatare?»

—¿Qué ha dicho? ¿Que me ves cómo? —me preguntó el gordo momificado, un poco herido en su amor propio.

Me reí así, ja, ja, un poco en plan descafeinado, procurando dividir mi atención entre mis pensamientos y el interés del gordo. «Blatare, bla-ta-re, ¿qué cuernos quiere decir *blatare*?»

—No, no, no te veo de ninguna manera. Estaba hablando de teve, *teve retabla*, los... la cajita aquella. Teve, televisión, ¿comprendes?

GUILLERMO

Bueno, ahí, sí, es que me equivoqué. Tendría que haber dicho «Tervala».

CARMEN

Perdona: tendrías que haber dicho «al terva».

GUILLERMO

Bueno, eso. Pero estaba muy nervioso.

CARMEN

¡Pues más nerviosa estaba yo! Y venga darle vueltas al asunto, «retabla, blatare, ¿blatare?», y aquel gordo interfiriendo y dándome conversación, mosqueadísimo:

—¿Qué me estás vendiendo? ¿A qué viene ahora hablar de televisión? ¿Qué quiere decir *televisión retabla?*

Y yo decía:

—Retabla, pues retabla, re-tabla, dos veces tabla.

Y me sentía muy imbécil, porque ya había sido incapaz de entender el primer mensaje, que era muy difícil, de acuerdo, pero éste no podía ser más sencillo, y debían de ser los nervios, pero no comprendía nada. ¿Blatare? ¿Que me fuera blatare? ¿Qué quería decir con aquello? Y las bobadas que replicaba al gordo interferían en mis propios razonamientos. ¿Re-tabla? ¿Dos veces tabla? No, no. Sé que pensé que Guille debía de haberse vuelto loco de verdad. Lo de la epidemia era fetén, y era fetén que atacaba al sistema neurovegetativo del cerebro y el pobre Guille había entrado en fase terminal, y hasta se me puso un nudo gordiano en la garganta y estaban por saltárseme las lágrimas. Y el gordo aquel se estaba enfadando:

—¡A mí tú no me tomas el pelo!, ¿eh?

Y yo, aguantando firme, con sonrisa de idiota:

—No, no, el pelo no. Retabla.

Y pensando, desesperada: «No puede ser, no puede ser, tiene que significar algo al vesre, vamos a ver, al vesre...» Y, mira, no sé cómo, me pasó por la cabeza que tal vez fuera al vesre de verdad, al vesre total, no por sílabas sino por letras, o sea, no al vesre sino *al se-ver*, a ver si me entendéis. Y de pronto me pareció dificilísimo, sobre todo con aquel gordo diciendo chorradas delante de mí. Él, «Mira, muchacha, como ese chaval te haya pasado un mensaje en clave, quiero...»; y yo, «retabla, ¿retabla?, retabla, bla, bla es alb, re-ta... at... alb-at... re, al revés... er..., alb-at-er... ¿albater? ¿al *bater?* ¡¡¡Al váter!!!».

Ah, qué alegría cuando descubres que eres tan inteligente como se te supone, y cuando descubres que tu querido Guille no está tan loco de atar después de todo. Me llevé un alegrón tan grande que me vinieron ganas de hacer pis *de verdad*.

—... Me doy perfecta cuenta de que *retabla* tiene que ver con *retablo* —decía Albertón en ese momento, más astuto que nunca—, no te creas que soy tan estúpido. A mí no me la dais...

—Eh, oiga, por favor... —interrumpí nuestro delirante diálogo para memos—. ¿Puedo ir a hacer pis?

El gordo se interrumpió y me miró torciendo así la cabeza, con un movimiento vivaracho, como hacen los

140

loros cuando quieren asegurarse de que han oído bien. «¿Hacer pis? ¿Retabla hacer pis?» Resumió su inteligencia en un monosílabo:

—¿Qué?

—¿Puedo ir a hacer pis? *Porfa*, es que me lo estoy haciendo encima, tengo un problema de incontinencia. ¿Sabe dónde está el servicio, por favor?

—Claro que sí. Está debajo de la escalera, pero...

Señaló hacia la puerta de salida, la puerta del sótano, la escalera ascendente, esa zona.

—Oh, muchas gracias —que digo yo, y ya me levanto.

—¡Un momento! —que grita.

Pero contuvo su movimiento instintivo, seguramente al recordar el pescozón que le había propinado su dueño y señor. Qué susto. ¿Qué le pasaba al cordel? Bueno, entonces comprendí por qué mi querido Guille había cerrado una de las hojas de la puerta de cristal esmerilado. La cuerda había quedado pillada debajo. Por algún motivo, aquel inconveniente paralizó los movimientos y los pensamientos de Albertón. ¿Qué hacer, qué hacer?

Y yo:

—Oiga, ¿puedo ir?, que es que me hago pis... Mi incontinencia... —y abundaba en su mentira, para liarle todavía más—: Usted, como médico, sabrá que es fatal reprimir las ganas de orinar. Es fatal para la salud.

Él me miraba fugazmente, incapaz de dividir su atención entre el cordel y mis saltitos impacientes.

—¿Es usted médico o no? —exigí que se definiera.

—¡Sí, sí! —exclamó el pobre hombre, más pobre hombre que nunca.

—¡Pues déjeme ir, por el amor de Dios, o tendré un estallido de vejiga y una hemorragia interna!

No se pudo oponer a tan alarmistas argumentos.

—¡Vete, vete! ¡Pero no tardes!

Yo que salgo corriendo. ¿Debajo de la escalera, había dicho? *Efeztive*: allí mismo había una puerta. La abrí y entré, y era exactamente el tipo de aposento que yo esperaba que fuera. Mi urgencia ya no era fingida, creo que nunca lo había sido. Me senté en la taza y me puse a hacer pis. Y, entonces, llamaron a la puerta. ¡Pom, pom!

GUILLERMO

Era yo. Había recorrido el pasillo y me había metido hacia el sótano, pero sólo había descendido dos peldaños. Vi cómo se metía Carmen en el servicio y, en cuanto hubo cerrado la puerta, procurando que no me viera el gordo del cordel, crucé el pasillo y golpeé: ¡Pom, pom!

CARMEN

¡Un susto!
Digo:
—¿Quién es?

GUILLERMO

Digo así, cuchicheando:
—¡Soy yo, abre deprisa, abre!
Que me iba a ver el gordo. Y Carmen que no abría.

142

CARMEN

Bueno, al menos tenía que subirme las bragas, ¿no? ¡No le iba a abrir con las bragas en los tobillos! Al final le abrí.

GUILLERMO

Y yo me metí en el lavabo...

CARMEN

Irrumpió en el lavabo. La palabra es *irrumpió*. Entró en tromba. Digamos que cayó en mis brazos. Y, entonces, cuando yo me dispongo a caer en sus brazos en lo que se dice recíproca correspondencia, él me aparta así, como una señorita remilgada, diciendo «Que no hay tiempo, que no hay tiempo»...

GUILLERMO

¡Es que no había tiempo!
Le dije:
—¡Carmen, Carmen, por favor! ¡No hay tiempo para contar nada!

CARMEN

Eso no es cierto. Dijiste:
—¿Se puede saber qué haces aquí?
Y yo te dije:
—Pues por aquí me ando.
Y nos contamos mutuamente nuestras aventuras en cuatro palabras, porque es verdad que no había tiempo para extendernos más.

Capítulo 19 XIX

GUILLERMO

Y eso era todo. Encerrados en el váter y contándonos nuestras vidas. Ahora, sólo faltaba elaborar el plan del contraataque.

CARMEN

Todo el rato con el *correquemecago* de que nos iban a descubrir y se iban a tomar a mal que nos hubiéramos encerrado en el váter para conspirar.

GUILLERMO

Luego, se nos ocurrió que podríamos habernos inventado veinte o treinta planes mejores, pero en aquel momento nos quedamos con uno que, así, de momento, nos pareció genial. Del mueble del comedor, con la excusa de sacar la cajita de tapones para los oídos, yo había sacado unas tijeritas. Estaba obsesionado por cortar el maldito cordel que amenazaba la vida de mis padres.

CARMEN

Y, además, decidimos que teníamos que actuar antes de que llegara Míster Ideas de Bombero. Como se comprenderá, nos veíamos más capaces de enfrentarnos a dos asesinos que a tres.

GUILLERMO

O sea que al loro: Bajo al sótano, corto la cuerda y, aprovechando que el Chapuzas está atrafagado con lo de abrir el boquete en la pared, me apodero de la pistola que está fijada a una silla al alcance del primero que quiera apoderarse de ella. Así que me apodero, encañono al Chapuzas y le digo: «Sube *p'arriba*, sin oponer resistencia.» Subimos...

CARMEN

Entre tanto, yo me habré ocupado de mantener distraído al gordo, de espaldas a la puerta del sótano.

GUILLERMO

Así, yo le llego por detrás y le pego el susto: «¡Manos arriba!» Y asunto concluido. Llamamos a la policía y *happy end.*

CARMEN

Bien. No podía fallar. Como todos los planes sobre el papel. No podía fallar.

GUILLERMO

De manera, que le digo a Carmen: «Dame cinco minutos de tiempo. Cuenta hasta trescientos y, entonces, distrae a Dos-Dedos-de-Frente.»

CARMEN

Y yo:

—Vale. Uno, dos, tres, cuatro...

Guille sale del váter con mil precauciones...

GUILLERMO

...Y me voy para abajo. Y, a mitad de camino del sótano, con las tijeritas, corto la cuerda. Ahí sí que pensé: *«Alea jacta est»*, ya no nos podíamos echar atrás. Si fallábamos, habrían descubierto la insurrección y estaríamos perdidos para siempre. O sea que, con los esfínteres fruncidos, acabé de bajar la escalera.

Sorpresa.

La pistola ya no estaba atada a la silla. Todavía encañonaba a mis padres, pero ahora estaba en manos del Chapuzas, que me esperaba tranquilamente sentado.

Me quedé engarabitado total, claro.

Me dice el Chapuzas, en plan buena gente:

—No me quería exponer. Ya sabes que, a la tercera bala, vencida. No fuera a ser que el bruto de arriba se rascara un pie y se cargase a tus viejos...

O sea que, encima, me estaba haciendo un favor. Y continúa, el pájaro:

—Además, te necesitaba para que me echaras una mano. Los explosivos ya están a punto, sólo tengo que juntar los cables, el positivo y el negativo. Ahora, hay que montar una barrera aquí delante, una barricada para protegernos.

Con eso quería decir que estaba esperando que yo ejerciera otra vez de mozo de cuerda.

146

Dice:

—Venga, mientras yo vigilo a tus padres, tú ponte al tajo.

Condenado a trabajos forzados.

CARMEN

Y, entre tanto, yo, «... ciento cincuenta y uno, ciento cincuenta y dos», había salido del váter y había regresado a la sala de estar, junto al Dos-Dedos-de-Frente.

—¡Ya era hora! —me comenta.

Y yo: «¡Psché!», sin parar de contar mentalmente, «ciento sesenta y cuatro, ciento sesenta y cinco, a ver si este gordo hace que me descuente y la vamos a fastidiar, ciento sesenta y seis...». Y el gordo:

—¿Qué pasa? ¿Te encuentras mal?

Y yo: «Mmmmh», me toco la cabeza, como diciendo que sí, que tengo mal cuerpo... «Ciento ochenta. Ciento ochenta y uno, ciento ochenta y dos...»

—Eso son aprensiones —me decía el gordo—. No puedes haberte infectado de ese virus. Es demasiado pronto para que sientas ningún síntoma.

Bueno, para abreviar: que llego al «doscientos noventa y nueve y trescientos» y señalo al patio de atrás, al ventanal que daba al césped y las flores y me pongo:

—¡Eh! ¿Ha visto eso?

—¿El qué?

Bueno: ya estaba de espaldas a la puerta del sótano. Ahora, tenía que aparecer Guille con la pistola y dominar la situación. Pero nada.

GUILLERMO

Yo estaba abajo, desplazando y amontonando muebles.

CARMEN

Y Dos-Dedos-de-Frente:

—¿Qué has visto?

Y yo:

—No sé. Una sombra. Como si alguien hubiera saltado...

—Si hubiera alguien en ese jardín, lo estaríamos viendo. No hay dónde esconderse... —me miraba el hombre con preocupación—: A ver si estás viendo visiones. A ver si te ha dado algo de verdad...

Y yo:

—No me encuentro bien, no.

Y Guille que no subía.

—¡Pero mire! ¡Otra sombra que ha saltado!

Y el gordo, mosca:

—Estás tratando de tomarme el pelo. No puedes estar enferma.

Y yo:

—¡Claro que puedo estar enferma! ¿No dice que hay una epidemia? —y, cada vez que el tipo hacía gesto de volverse hacia la puerta del sótano, yo emitía el gritito—: ¡Ahora sí! ¡Ahí!

Hasta que dejó de mirar al jardín para mirarme a mí con aprensión creciente. Y, como no me perdía de vista, me levanté y me acerqué al ventanal y así quedó él de espaldas a la puerta principal. A todo esto, el hombre continuaba sosteniendo el cordel en alto, con gran cuidado, y yo me preguntaba si Guille habría cortado el

148

cordel. Si lo había cortado, desde luego, qué ridi. Pero, conforme pasaba el tiempo, se me hacía evidente que algo había ido mal en el sótano y empecé a sufrir. Supongo que empecé a retorcerme las manos y esas cosas que hago cuando estoy superfrenética.

Dejé de ver visiones para intentar mantener una conversación educada con mi vigilante enmascarado con retales de sábana.

—Así que es usted médico...

—Pues sí.

—¿Y de qué especialidad?

Respondió, muy conciso:

—Epidemias en general —y, en seguida, me señaló el sillón que ocupaba al principio, antes de ir al servicio—: Ponte ahí.

—¿Por qué?

—Porque estás empeñada en hacerme mirar hacia allí...

—¿Quién? ¿Yo?

—... De manera que yo procuraré mirar hacia aquí —y gritó—: ¡Oye, tú! ¡El de abajo! ¿Todo va bien?

Yo, en el aire, suspendida, como una araña colgando de un hilo. ¡Qué digo! Como una mosca atrapada en una telaraña. Y, de abajo, nos llega la voz estentórea y alegre del Chapuzas:

—¡Todo estupendo!

GUILLERMO

Toma, claro. Él estaba sentado tan tranquilo y yo arrastrando mobiliario, sudando la gota gorda. ¡Y tan estupendo!

CARMEN

Y pasa el tiempo, pasa, pasa, pasa, y llega por fin Míster Ideas de Bombero. Se abre la puerta de la calle y entra, tan elegante como antes, calvísimo y con una mascarilla de cirujano puesta. Y en la mano, una bolsa de la farmacia de guardia. Nos saludó, a Dos-Dedos-de-Frente y a mí, con un gesto de la mano, y se escurrió escaleras abajo. Supongo que no quería que yo me diera cuenta de que acababa de comprar todo el equipo de revisiones médicas.

Temí que descubriera que Guille había cortado el hilo en cuestión.

GUILLERMO

Pero qué va. Entró muy contento, muy a lo suyo:

—Traigo guantes, jeringuillas, máscaras de cirujano, termómetro, estas papillas, un otoscopio...

Entonces, reparó en el Chapuzas, que tenía la pistola en la mano, y se rió:

—¡Pero, hombre, si tienes la pistola en la mano, avisa al de arriba, que está con la cuerda en alto que parece la estatua de la Libertad!

—Pues es verdad —y lo avisaron—: ¡Eh, tú! ¡Suelta esa cuerda, que ya no hace falta!

CARMEN

Entonces, muerta de miedo, empecé la cuenta atrás. Ya no contaba del uno al trescientos sino del trescientos al uno. Yo sabía que faltaba mucho para las nueve, hora en que, supuestamente, mi padre disfrazado de gángster me salvaría de las garras de los gángsters de

150

verdad. Faltaba una eternidad, para las nueve. Y me preguntaba cómo podría evitar que el Loco de las Ideas del Millón de Dólares empezara a jugar a los médicos conmigo.

Calculo que serían las siete y media cuando el Doctor No subió del sótano y se metió en la cocina canturreando *El Manisero*. Oí que echaba agua en un vaso y el alegre tintineo de una cucharilla al revolver una mezcla. Reapareció muy sonriente, con el sospechoso brebaje en la mano.

—Bueno. Preparada. Vamos a hacer esa revisión.

Mientras procuraba aparentar indiferencia, incluso predisposición a lo que hiciera falta, retrocedí hasta quedar sentada sobre el respaldo del sillón. Míster Ideas de Bombero consultó el reloj y le comunicó al gordo, en clave, para que yo no me enterase:

—Falta un cuarto de hora para que lleguen las motos a la meta.

Se refería a la carrera de motocross. En la calle, la algarabía era mundial. En los altavoces, Supertramp ensordecedor. Me dijo mi inminente torturador:

—Bueno, primero tendrás que tragarte esta papilla. Es para la intra-auscultación interna.

Si hubiera sido de la misma pasta que la señora Reynal, en ese momento me habría partido de risa. ¡La «intra-auscultación interna»!: aquel hombre tenía cada salida... Pero estaba demasiado asustada. Yo no pensaba tomarme aquello ni atada.

—Luego, te sacaré sangre...

Yo, ni loca...

—Y echarás un pis para el análisis de orina...

¡Sí, hombre!

—Espere, espere... La verdad es que me encuentro perfectamente bien. Ningún síntoma. Ni dolor de cabeza, ni manos calientes...

—Antes veías visiones —me recordó Dos-Dedos-de-Frente, en plan chivato.

—¿Visiones? —se alarmó el doctor.

—Sí, sí, sombras...

—Entonces, no queda más remedio. Vamos a proceder a esa inspección...

Tenía una jeringuilla. Yo no quería ni pensar en la carnicería que podía organizar aquel energúmeno buscándome una vena.

—El caso es que estas cosas me dan un poco de aprensión...

—Oh, no te preocupes —dijo el Loco de las Ideas de Oro; y a su cómplice—: Sujétala.

Dos-Dedos-de-Frente se movilizó.

—No, no, oiga, no. Oiga, no, en serio que no.

Yo ya me había apeado de lo alto del sillón y me parapetaba tras él y me balanceaba a izquierda y derecha, dispuesta a esquivarlos, como cuando jugábamos a pilla-pilla en el cole. Pero me iban a atrapar. Eran dos, y ágiles, y la sala de estar estaba llena de muebles y no nos podíamos mover con libertad...

En ese preciso y oportuno momento, llamaron a la puerta.

Un timbrazo colosal que nos agarró de la garganta y nos hizo retroceder tres o cuatro pasos, tambaleándonos. Alguien derribó una mesita y el cristal de una fotografía enmarcada se hizo añicos.

152

Nos miramos, petrificados.

«¿Quién será?»

Sólo había una respuesta satisfactoria: «¡Mi padre!» Eran las ocho menos veinte minutos. Y él había prometido venir a buscarme a las ocho. «¡Mi padre!» Ya me extrañaba que hubiera decidido no ir a por mí hasta las nueve. Menudo era él. Claro, ya lo entendía todo. El argumento de su broma consistía en que los gángsters habían de llegar a las nueve, pero él venía a salvarme a las ocho, como habíamos quedado, y si puede ser antes mejor que después. La broma había consistido en hacerme creer que me concedía más tiempo de novio y en pegarme el chasco en el último momento. Esa clase de bromas. Bueno, sé aceptar una broma. Sobre todo, cuando llega tan oportuna como aquélla.

Míster Ideas de Bombero me agarró de la mano y tiró de mí hacia la puerta de la calle. Me imaginé que abría la puerta, me echaba en brazos de papá y volvía a cerrar. Hubiera sido un detalle. Pero no se le ocurrió. Tiró de mí hacia lo alto de las escaleras. Nos encontramos en un pasillo, al final del cual se abría el estrecho balcón.

Nos asomamos con mucha precaución. La plaza mayor era un hormiguero efervescente. Los altavoces atronaban con el *Desayuno en América* de Supertramp, los aficionados se apiñaban contra las vallas metálicas ansiosos de ver pasar a los campeones del ruido.

Y, debajo de nosotros, mi padres, *horror, mis padres*, en plural, sí, los dos. ¿Qué me había hecho suponer que mi madre no se iba a presentar? ¿Por qué tendría que haberse quedado esperándonos en un bar o en el coche? No, no: allí estaban el señor y la señora Mallofré, muy puestitos ellos, con un regalito y todo para los padres de Guillermo, una cajita verde con lacito amarillo, seguramente bombones.

—Oye, dime la verdad, Arturo —había preguntado mi madre, a media tarde, recelosa y acusadora—: Todo esto no será una bromita que os traéis entre Carmen y tú, ¿verdad?

En ese momento, mi padre acababa de hacer una llamada telefónica haciéndose pasar por un gángster.

—¿Una broma? ¡No, mujer, no! ¿Qué te hace pensar eso?

—Tu sonrisa soñadora, esos ojitos traviesos como de niño que ve un pastel...

—Pues no, pues no...

Ya he dicho que las bromas estaban prohibidas en mi familia y eso había producido una cierta escisión. Mi madre, alerta e intransigente, ya se había mosqueado cuando nos habíamos desviado de la autopista para ir a La Coma. Se le frunció el ceño cuando papá le habló por su inaudito interés por las ruinas arqueológicas, que luego resultaron ser cuatro piedras mal puestas. Se le frunció la boca cuando yo me fui a ver a un amigo del cole que *casualmente* vivía por allí. Y se frotó la comisura de los labios cuando mi padre no prestó la menor atención a las cuatro piedras mal puestas y se pasó todo el rato pendiente del reloj.

—Como sea una de tus bromas...

—Que no, mujer, que no...

154

Y yo que digo:

—¡Mi padre!

Y el Capomafia, sobrecogido:

—¿Es tu padre?

—¡Mi padre, mi padre, sí!

—¿El policía?

—¡El policía, el policía, sí!

—¿Y la señora?

—¿La señora?

—¡La señora, sí! ¿Quién es?

—¿Quién va a ser? ¡Mi madre!

—¿Tu padre y tu madre?

Entonces, me sentí horripilada. Noté la excitación del loco que me sujetaba del brazo y me dije: «Si alguien se atreve a pronunciar la palabra *broma*...» Más exactamente: «Si mamá se atreve a decir que esto es una broma, y tira de la manta, y estos locos descubren que papá no es un policía ni un gángster ni nada de nada, aquí se organiza una carnicería de aquí te espero...» Empezaron a temblarme las piernas.

—¿Y qué hacemos? —preguntó Míster Ideas de Bombero.

Y yo:

—Pues nada, que me voy con ellos.

Por probar...

—¡No te puedes ir con ellos! —saltó el Doctor Enmascarado.

Claro: si a las nueve todavía no habían terminado, tendría que entregarme a los gángsters. Y alegó, para justificar su oposición:

—¡No te hemos hecho el reconocimiento médico!

156

—No, no, claro. Pero como usted decía antes...

Papá había vuelto a llamar un par de veces, provocándonos pequeños sobresaltos. Al fin, pareció que se impacientaba. Miraba a mi madre. Mi madre lo miraba a él. Hablaban. Al fin y al cabo, habíamos quedado a las ocho, y todavía no eran las ocho. Eran las ocho menos veinte. Se alejaron de la casa.

—Se van —me anunció Míster Ideas de Bombero. Y yo:

—Pero volverán, no se preocupe. ¡Ya lo creo que volverán! Seguramente, van a telefonearnos para asegurarse de que ésta es la dirección donde estamos. Pero volverán, sí, sí, volverán.

—¡Pues no podrás irte con ellos! ¡No tendremos tiempo a hacerte el reconocimiento médico!

El Loco de las Caretas estaba obcecado. Se le había metido en la cabeza que tenía que hacerme un reconocimiento médico y no había quien lo parase. Por suerte, era un hombre lleno de ideas geniales.

—¡Les dirás que se vayan, que te lo estás pasando muy bien aquí, con tu novio!

Me pareció estupendo. Si les decía a mis padres que estaba disfrutando de lo lindo con Guille, les estaría dando un motivo más para que me arrastraran lejos de allí agarrada de una oreja.

—Les dirás que te dejen quedarte aquí. ¡Fingiremos que nos pillan en mitad de una fiesta y les diremos que no es justo que te lleven con ellos!

Estaba jugando a mi favor, de manera que decidí complicarle un poco las cosas. Creo que, inconscientemente, comprendía que, cuanto más nervioso lo pu-

157

siera, más posibilidades tendría de hacerle meter la pata.

—Pero corremos peligro de infectarlos y de extender la epidemia...

—He traído máscaras de protección, de cirujano —me dijo el Hombre que Pensaba en Todo.

—Pero quizá sospechen algo raro si los recibimos con máscaras de cirujano, ¿no le parece?

—No...

Más ideas. Necesitábamos más ideas de bombero. Aquel hombre era capaz de producir decenas de ideas de bombero por hora.

—¡Ocultaremos las máscaras de cirujano debajo de máscaras de Carnaval! ¿No se supone que estamos de fiesta? ¡Pues todos celebraremos la fiesta mayor con alegres disfraces, claro que sí!

Sonó el teléfono. Míster Ideas de Bombero me agarró de la mano y tiró de mí hacia el piso de abajo.

—¡Contestaremos nosotros! —decía—. ¡No contestéis al teléfono, ya contestamos nosotros!

Al pasar por delante de la puerta del sótano, vimos al Chapuzas que, inquieto, nos mostraba el reloj de pulsera:

—Ya falta menos. Estamos en plena cuenta atrás.

GUILLERMO

El Chapuzas estaba muy nervioso. Yo diría que frenético y febril. Habíamos acabado de montar la barricada y me hizo subir porque no podía estarse quieto. Llego arriba y me encuentro con aquel Cafarnaum. Un ataque de histeria colectiva.

158

CARMEN

—Responde tú —me ordenó el loco—. Ya sabes lo que tienes que decirle.

Respondí. Papá me reconoció:

—¿Carmen? ¿Eres tú?

—¡Sí, soy yo, papá!

—¿La casa de ese amigo tuyo es el 84 de la plaza mayor?

—Sí.

—Pues he llamado y no responde nadie.

—Habrá sido por la música, que la tenemos puesta muy alta. No te habremos oído. ¡Nos lo estamos pasando tan bien...! ¡No veas la que tenemos montada aquí!

—Bueno, pues ahora vamos.

—¿Mamá también viene? —pregunté, cautelosa.

—Claro que sí. ¿Por qué no iba a venir? —quería decir «si tienes algo de lo que avisarme, hazlo ahora o calla para siempre».

Callé para siempre.

—No, no. Por nada, por nada. Que venga, que venga.

Colgué.

—Que ahora vienen.

Míster Ideas de Bombero se puso como un ciclomotor.

—¡Vamos, vamos, vamos!

GUILLERMO

Nos contó sus intenciones en cuatro palabras y entonces sí que me quedé convencido de que estaba como una cabra, estaba de atar. Pensé: «Este tío es muy peligroso.» Pensé: «Estos tíos son más peligrosos de lo que nos podemos imaginar.» A mí me pidió que subiera champán de la bodega. (Bueno, digamos *cava* para que no se enfaden los franceses: Me pidió que subiera champán de la cava.) Delegué en el Chapuzas, que ya sabía dónde estaba. Ah, ¿y las copas? Y, al mismo tiempo, me pedían máscaras, caretas de Carnaval. Y serpentinas y confeti. ¡Ah, sí, claro, también quería serpentinas y confeti! Yo qué sabía. Yo no sabía de dónde sacar todo aquello... Fui pensando: bueno, en mi leonera tenía la máscara de Spiderman y otra, de goma, muy abominable, del Monstruo del Ojo Colgante. Pero no se me ocurría más. ¿Y las serpentinas y el confeti? En el taladro de los papeles, el que usaba para hacer agujeritos a los folios y encuadernar los trabajos de clase, había un depósito donde se acumulaban los pedacitos sobrantes. Parecía confeti. No era mucho, pero no se me ocurría nada más.

CARMEN

Yo, como una boba, todavía trataba de hilar algo de lógica en todo aquel disparate. Mientras todo el mundo iba arriba y abajo preparando ambiente de fiesta, descorchando botellas de champán y registrando la leonera de Guille para encontrar máscaras de Carnaval, yo preguntaba:

—Pero, ¿y los gángsters que a las nueve vendrán a por mí?

—Tu padre no puede saber que a las nueve vendrán a por ti. No creo que hayan enviado invitaciones.

Me respondía Míster Ideas de Bombero así, de un

160

tirón, y yo me quedaba desconcertada, tratando de oponer: «Bueno, bueno, sí, pero se supone que mi padre viene a salvarme. Si ahora ahuyentamos a papá, yo quedaría a merced de los gángsters...» Ya sé que no había gángsters, ya sé que nada era verdad, pero figuraba que tenía que comportarme como si me creyera una parte de la verdad, ¿no?

GUILLERMO

De pronto, en medio de todo aquel descabello, Dos-Dedos-de-Frente encendió la luz de alerta roja. Yo estaba enrollado buscando todo el atrezo cuando me fijo en el gordo y pienso «ay». Caí en la cuenta de que Míster Ideas de Bombero nos había arrastrado a su locura y habíamos perdido de vista toda sensación de peligro...

CARMEN

Yo no. A mí me temblaban las rodillas desde que había visto a mis padres.

GUILLERMO

Pero yo no. A mí me parecía que estábamos preparando un susto infantil e inofensivo. Pero, cuando me fijé en la pose de Dos-Dedos-de-Frente, cabizbajo, taciturno, indeciso, tenso, pensé «ay, ay, ay» y me temí lo peor. Por no compararlo con una olla a presión o con un globo a punto de reventar, digamos que me pareció que lo estábamos empujando hacia un abismo por el que no le apetecía nada caerse. Y entonces, en medio del atolondramiento general, Míster Ideas de

Bombero se para, se pone una mano así sobre la boca como repasando la puesta en escena, oigo que dice: «Las máscaras..., la música, serpentinas y confeti...» Me encarga a mí que ponga música de fiesta. Y, mientras me dirijo al equipo de música y elijo un compact de *dixie*, que siempre anima mucho, oigo que dice:

—Yo hago de padre, Guille es el hijo... —y, de pronto, en un grito—: ¡Albertón! ¡Tú serás la mamá de Guille...!

Hubiera jurado que al tipo de aspecto *goriloide* le estaban hinchando los globos oculares con una bomba de bicicleta.

—¿Yo?

—¡Sí, tú! ¡Corre a buscar un vestido de la señora Reynal y te lo pones!

—¿Estás loco? ¡Ni en broma!

—¡No hay tiempo de pensarlo dos veces! ¡Necesitamos un padre, que soy yo; un hijo, que es Guillermo; y una madre...!

—¡... Que está de vacaciones! ¡Ni hablar!

—¿Es que no te das cuenta? ¡Tenemos que dar sensación de normalidad!

Para entonces, yo ya me había puesto la máscara de Monstruo del Ojo Colgante y Míster Ideas de Bombero se había puesto la de Spiderman.

—¿A ti te parece que podemos dar sensación de normalidad con estas máscaras?

CARMEN

En éstas, el timbrazo. Aquella especie de ultrasonido letal que estrujaba simultáneamente el corazón y el cerebro. Todos infartados y las carreras finales.

—¡Oye, oye, oye...!

—¡Corre! ¡Arriba! ¡Vístete de señora Reynal!

Entonces, se desató la cólera y el miedo cayó sobre nosotros. Dos-Dedos-de-Frente se plantó en medio de la sala de estar y dijo, entre dientes:

—¡Está bien, como queráis!

GUILLERMO

Entre dientes, aquel filibustero daba mucho miedo. Entre dientes, parecía un oso rabioso, o un cochino asesino, o un tiburón matón, o un perro gamberro, o un animal criminal...

CARMEN

Bueno, bueno, vale ya.

GUILLERMO

... Dispuesto a emprenderla a dentelladas con todos...

CARMEN

Dijo:

—¡Está bien, como queráis! ¡Yo me disfrazo de mujer, de payaso, de lagarterana si hace falta! Pero escuchadme bien... Tendré la pistola en la mano —y nos mostró la pistola—. Y, como vea que nos quedamos sin chollo, como vea que esto hace aguas, me lío a tiros. ¿Entendido? ¡Me lío a tiros con todo quisque! ¡Contigo, contigo y contigo! —con el cañón del arma, señaló también a su amigo—. ¡Y luego, me cargo a los señores de abajo y luego, a éstos de arriba! ¿Me habéis entendido o no?

Míster Ideas de Bombero trató de calmarlo, tan asustado como nosotros:

—Bueno, bueno, no te enfades.

—¡Y te pego un tiro a ti también como continúes enredando las cosas!

—Está bien, está bien, pégame un tiro a mí, vale. ¿Puedes ir a vestirte, por favor? Están esperando...

Albertón nos dedicó un cabezazo que subrayaba su discurso y se escabulló a toda prisa escaleras arriba.

Y el tiempo iba pasando, iba pasando, y estaban a punto de llegar a la meta los participantes en la carrera de motocross y, cuando eso ocurriera, el Chapuzas, abajo, reventaría la pared del banco...

GUILLERMO

Faltaban diez minutos para las ocho cuando abrimos aquella puerta. La atención de todos estaba fija en el gordo que nos amenazaba desde el piso superior.

CARMEN

Yo no podía dejar de pensar que mi madre metería la pata pronunciando la palabra fatal: *broma*. Diría «Esto es una broma» y el cielo caería sobre nuestras cabezas.

GUILLERMO

Y, bueno, y abrimos la puerta. Y allí estaban los padres de Carmen... Y nosotros formando barrera en el

164

estrecho vestíbulo. Míster Ideas de Bombero con la máscara de Spiderman, yo convertido en Monstruo del Ojo Colgante y Carmen con la máscara de soldadura autógena pintada de blanco...

CARMEN

Ah, sí, que le habíamos pintado de rojo una sonrisa enorme y unas cruces en lugar de ojos, en plan payaso. Y todos con copas de champán. Spiderman tenía una en cada mano.

Mi padre se quedó sobrecogido, boquiabierto. Miró de reojo a mi madre, espantado. Y mi madre pegó un gritito, y un saltito, y se enfureció en silencio.

Yo me voy para ellos:

—¡Bu! ¿A que no sabéis quién soy?

Papá levantó un puño, como para defenderse de un ataque.

—¿Carmen? —aventuró tímidamente.

Me dio la impresión de que pensaba: «Como diga que no es Carmen, salgo corriendo.»

Risas generales.

Mamá bufó:

—¡Pues claro que es Carmen! ¡Pero bueno...!

Mi padre pareció interpretar aquello como una recriminación por sus modales y se puso a hacer presentaciones:

—Ah, perdonen —dirigiéndose a Spiderman—: Usted debe de ser el papá de...

Guillermo apuntó:

—Guillermo.

—Ésta es mi esposa Maricarmen...

165

Míster Ideas de Bombero estrechó afectuosamente la mano de mi padre.

—Encantado de saludarles. Yo soy el señor Reynal...

Mi madre no tenía ninguna intención de estrechar la mano ni de darle un regalito a un sujeto que la recibía disfrazado de Spiderman. Mi padre, con sonrisa de cemento armado, tuvo que arrebatarle el paquetito de papel verde y lacito amarillo para ofrecerlo al anfitrión.

—Por favor, acépteme este detalle...

Míster Ideas de Bombero tenía las manos ocupadas por copas de champán, de manera que ofreció una a mi madre.

—Tome, sírvase...

Y mi madre:

—No, no...

Y él:

—Pasen, pasen...

Y mi madre:

—No, no...

Me hacía pensar en una aristócrata que hubiese llamado a la puerta de un manicomio el día en que los locos estaban celebrando el Carnaval (y esto casi no es una metáfora).

—Por favor, insisto...

Bueno, y yo a lo mío, tal como le había prometido a Míster Ideas de Bombero:

—¡Me lo estoy pasando estupendamente, papá! ¡Deja que me quede aquí toda la noche!

«Toda la noche», dije. Yo sabía que eso surtiría en él el mismo efecto que un par de bofetadas.

166

GUILLERMO

Y, por si fuera poco, yo me abalanzo sobre Carmen y la abrazo así, en plan posesivo, de esa manera que pone tan nerviosos a los padres:

—¡Eso, eso! ¡Déjela que se quede a pasar toda la noche!

CARMEN

Sí, por cierto, que te pasaste un kilo.

Dijo mamá:

—¡Pero nena...!

Conseguimos nuestros objetivos. Mi padre parpadeó de pronto, como volviendo en sí de un estado hipnótico y reaccionó como el padre que *realmente* viene a rescatar a su hija del peligro:

—¡Pero, Carmen, pero, hija mía!, ¿pero qué te ocurre? ¿Te has vuelto loca? ¡Por el amor de Dios, venía a salvarte de esos asesinos y me encuentro con que...!

—¿A salvarme?

Quedé un poco desconcertada. ¿Se suponía que yo tenía que saber que mi padre sabía que me perseguían asesinos? No me acordaba. No sabía qué hacer. Había perdido los papeles.

Y mi madre, con media sonrisa de incredulidad:

—¿De esos asesinos?

—¡No hay tiempo para discusiones! —mi padre cortó por lo sano.

Me agarró de la mano y tiró de mí. Anunció a los demás:

—Tengo que llevármela. Esta chica está en peligro...

167

Míster Ideas de Bombero me agarró de la otra mano y también tiró de mí:

—¡Oh, no! ¡Se equivoca! Aún hay tiempo...

—¿Cómo que aún hay tiempo? —dice mi padre.

—Los asesinos no llegarán hasta las nueve...

La mueca de rechazo de mi madre se había reblandecido y ahora su rostro reflejaba una angustia infinita. En su boca había una sombra de sonrisa y expelía golpes de aire, como si se dispusiera a limpiar los cristales de unas gafas.

GUILLERMO

En ese momento, miré el reloj. Faltaban cinco minutos para las ocho.

CARMEN

Y mi padre, como muy contento:

—¡Ah, estupendo! Entonces, no tenemos de qué preocuparnos... ¡A tomar champán y tirar serpentinas hasta que lleguen los asesinos! —y reaccionó, enfurecido—: ¿Es que se han vuelto todos locos?

Mi madre, con la boca abierta por el estupor, continuaba echando bocanadas de aire que querían ser risitas amables.

—No puedo ir contigo, papá. Tengo que quedarme aquí. Ellos lo saben todo. Tienen el collar.

Lo del collar fue una inspiración. Me había mosqueado mucho que nadie hubiera vuelto a mencionar la joya de veinte duros. Y, además, la mención fue superoportuna porque, en ese momento, bajaba las escaleras Dos-Dedos-de-Frente disfrazado de señora Reynal.

168

Bueno, no sé por dónde empezar.

Se había puesto una blusa de seda floreada que le quedaba un poco corta y casi dejaba al descubierto su enorme tripa y, debajo, había metido algo que daba la sensación de enormes pechos de forma irregular. Había conservado puestos sus pantalones y entonces me fijé en las rodilleras que los deformaban y en lo sucios que estaban. Ninguna mujer en su sano juicio se habría puesto jamás aquellos pantalones. Ni aquellos calcetines caídos, ni aquellos zapatos polvorientos. A falta de peluca, se había cubierto el peinado con un pañuelo anudado bajo una barbilla a la que, evidentemente, hacía falta un afeitado a fondo.

GUILLERMO

... Y se había pintado de negro la parte superior de la cara, como si fuera un antifaz. Se ve que no había encontrado ninguna careta ni antifaz y se la había pintado qué sé yo con qué, con grasa de la ventana o con rímel o con pintura, no sé. Y los labios, rojo rabioso. Era una aparición dantesca.

CARMEN

Y, por si fuera poco, llevaba la mano derecha metida en una bolsa de plástico.

Habló con un graznido escalofriante, la voz aguda que le saldría al lobo cuando se hacía pasar por abuelita, un pito ronco que parecía exactamente lo que era: la imitación que haría un camionero cazallero de una tiple.

—Hola, soy la mamá de Guillermo. Perdonad que

no os dé la mano, pero me he quemado mientras cocinaba y la tengo metida en baño María...

Dentro de la bolsa, estaba empuñando la pistola. Y prosiguió, para demostrar que no se había perdido ripio:

—¿Qué es eso del collar?

Mi padre, al ver a aquel travestido monstruoso, casi se desmaya.

Míster Ideas de Bombero hizo las presentaciones:

—Señor Mallofré: ésta es mi esposa. No sé si se conocen...

Mi madre...

Mi madre de pronto, ante aquel fantoche, se puso a reír. Instintivamente, se tapó la boca con la mano, y en sus ojos vi brillar una alegría que no le conocía. En ese momento, decidió volverse tan loca como los demás. Hasta entonces, se había sentido cortada, como quien llega tarde a una fiesta donde no conoce a nadie. Pero, según me contó después, se le ocurrió que todo aquel festival lo habíamos organizado papá y yo en su honor y se sintió halagada y feliz. Le estábamos abriendo la puerta del entendimiento y de la complicidad y se dijo que sería muy idiota si no cruzaba el umbral. Aquel montaje actuó sobre ella como una vacuna. Descubrió que no le gustaba nada quedarse al margen y se lanzó de cabeza a participar en la astracanada. Me la imaginé soltándose el pelo y bailando un cha-cha-cha encima de la mesa del comedor. Nunca me la había podido imaginar de aquella forma.

Y, de repente, la quise más.

GUILLERMO

Bueno, al grano. Dos-Dedos-de-Frente que bajaba las escaleras en plan supervedette en el número final, saludada por todos los figurantes con las copas de champán en la mano...

CARMEN

Insistía:

—¿Qué es eso del collar?

Y yo me quedé con la copla: Dos-Dedos-de-Frente no sabía nada del collar o, lo que era lo mismo, Míster Ideas de Bombero trataba de quedárselo para sí. Un buen motivo para que pelearan entre ellos y nos dejaran en paz a los demás. O sea, que yo proseguí, en plan cotilla metepatas:

—Sí, hombre, papá. El collar de valor incalculable. Una joya, un tesoro. Se lo he dado a él.

Y señalé, acusadora, a Míster Ideas de Bombero. Al llegar a este punto, el guirigay se dividió en dos partes. Por un lado, los ladrones discutiendo. Por el otro, yo poniendo a mi padre al corriente del argumento:

—¡El collar que te metieron en casa para incriminarte, papá! ¡He visto cómo mataban a una persona por él! ¡Tus compañeros corruptos de la policía! ¿Qué te ocurre? ¿Te han dado un golpe en la cabeza? ¿Te has vuelto amnésico? ¿No recuerdas que eres policía y que tú perseguías a esos gángsters...?

Mi padre reaccionando con gran habilidad:

—¡Claro que me acuerdo! ¡Pero no me parece prudente hablar de ello en presencia de unos enmascarados!

172

—¿Papá policía? —exclamaba mi madre, como si fuera la cosa más graciosa que había oído en su vida.

De reojo, pude ver con asombro que estaba llorando de risa. Pero que se le corría el rímel, de la risa.

GUILLERMO

Dos-Dedos-de-Frente, *peroquemuy* mosqueado, se dirigía a Míster Ideas de Bombero con voz demasiado gruesa para ser la señora Reynal:

—¿Estás diciendo que te han dado un collar muy valioso y tú te lo has quedado y no me has dicho nada? —y, de repente, pega una zancada inesperada, agarra a Míster Ideas de Bombero por el cuello y lo levanta en vilo—: ¡A ver ese collar!

El capo sacó el collar del bolsillo y lo mostró, con sonrisa desvaída.

—¡Pensaba darte una sorpresa, mamá!

CARMEN

A mi padre casi le da la embolia. Aquel collar de seiscientas mil pesetas debería estar entre la ropa de mi madre, esperando el feliz momento en que, al deshacer la maleta precisamente el día del aniversario de algo, cayera al suelo.

Chilló:

—¡El collar!

Y mi madre, como un eco:

—¡El collar! —aunque no sabía nada de aquel collar; daba igual.

Y yo, un poco aprensiva:

—Parece de *Todo a Cien*, ¿verdad?

173

Ahí se agarró Míster Ideas de Bombero, como un náufrago se agarra desesperadamente al ancla, por si flotase:

—Sí que parece una baratija...

Y Dos-Dedos-de-Frente, con tono de experto:

—Esto vale más de un millón de pelas...

Mi padre, en aquel momento, tuvo una reacción admirable. Gritó con la autoridad de un policía y se movió con la presteza de un prestidigitador:

—¡No diga tonterías! ¿A quién trata de engañar? ¡Se ve perfectamente que es una baratija! —alargó la mano y de un tirón se hizo con el collar—. ¡Démelo! —lo miró al trasluz—: ¡Alguien ha dado el cambiazo!

Y mi madre:

—¡Es falso, es falso! ¡No vale ni un duro!

Y yo tuve un pálpito, ¿sabéis? Quizá fue por la valentía del viejo, o por la energía que sacó de pronto, o por el ceño que afeó su rostro, pero vi clarísimo que más valía que retuviéramos el collar con nosotros.

—¡Es verdad! Éste no es el collar que yo le di.

Se aproximaba el ruido de las motos. Y, en medio del mare mágnum, el travestido gordo no soportó más la tensión y se erigió en director de escena. Inesperadamente, encañonó a todo el mundo con la bolsa de plástico:

—¡Basta ya! ¡Todos manos arriba y a ese rincón! ¡Esto es una pistola!

Y mi madre, alborozada:

—¿*Esto* es una pistola?

Y Dos-Dedos-de-Frente a Míster Ideas de Bombero:

174

—¡Tú también! ¿Dónde está el collar que te dio la chica?

—¡Es éste, Albertón, el collar es éste!

Y yo:

—¡No es verdad! ¡Ha pegado el cambiazo!

Y Dos-Dedos-de-Frente:

—¡Ahora comprendo tus prisas por ir a la farmacia de guardia!

Oí que mi padre comentaba:

—No creo que en una farmacia haya encontrado una pieza de bisutería como ésta...

Y mi madre, con una desenvoltura fantástica:

—Bueno, no te creas. Últimamente, en las farmacias se encuentra cada cosa...

Ni mi padre ni mi madre sabían aún que dentro de la bolsa de plástico había una pistola de verdad cargada de verdad y que corríamos, de verdad, peligro de muerte. No se enteraron de ello hasta mucho después porque, en ese instante, cuando ya teníamos que hablar a voces porque, a dos pasos, el público de la carrera y los altavoces vociferaban de tal manera que vibraban los cristales de todos los edificios de la plaza, en ese momento en que ya se escuchaba el estrépito de la primera moto que llegaba a la meta, en ese instante, *tembló la tierra.*

GUILLERMO

Los que estábamos en el ajo adivinamos en seguida lo que había sucedido. El Chapuzas había conectado los cables positivo y negativo y la carga explosiva había cumplido con su obligación de explotar.

CARMEN

Fue la hecatombe. De la puerta que nos separaba de la sala de estar, desaparecieron los cristales esmerilados como si nunca hubieran estado allí. También se pulverizaron el cristal del ventanal que daba al jardín y los cristales de las dos vitrinas y estalló la pantalla del televisor y se descolgó una lámpara y se vino abajo una de las pequeñas estanterías de aspecto frágil y desaparecieron de la faz de la tierra estatuillas, búcaros, jícaras, jarros, cántaros, y las pequeñas piezas de cristal, cerámica y arcilla. Y se pararon los relojes, los barómetros, los termómetros y hasta el anemómetro. Y la escalera ascendente se torció así, cuec, como si hubiera hincado una rodilla, y en las paredes aparecieron unas grietas de este tamaño, y todo crujió. Por encima de todo el ruido infernal, del alboroto de fuera y del cataclismo interior, lo que pudimos escuchar fue el quejido de las piedras y las vigas centenarias: ¡creeeeeck! Yo ya vi que se me caía la casa encima.

Mi madre pegó un gritito y miró alrededor para tratar de ajustar su reacción a la reacción de los demás. Qué mona.

GUILLERMO

En la calle, celebraron el bombazo con una ovación, suponiendo que se trataba de algún alarde pirotécnico. Bueno, y del sótano empezó a salir una humareda densa y negra...

Y yo, claro:

—¡Papá! ¡Mamá!

176

Y ya iba a precipitarme escaleras abajo, pasando mucho de pistolas ni de amenazas, cuando estuve a punto de chocar con la Sombra que Camina, que salía de allí, todo negro y enfurecido.

CARMEN
Las ropas humeantes, los pelos de punta, la cara negra. Era un personaje de película de Jaimito... Era el Coyote después de atentar con coche bomba contra el Correcaminos.

GUILLERMO
Era el Chapuzas. Salía hecho una fiera. Por él, se hubiera largado sin dar ninguna explicación a nadie, pero Míster Ideas de Bombero y Dos-Dedos-de-Frente lo agarraron ya casi en la calle, en realidad lo atraparon en la misma acera, y lo zarandeaban, muy exigentes.

—¡Eh, eh!, ¿qué ha ocurrido?

Yo creo que no hacía falta que contara lo que había ocurrido, pero se ve que ellos querían escucharlo con sus propios oídos.

—¡Qué va a ocurrir! ¡Que esa pared es de kriptonita! ¡Eso es lo que pasa! ¡Que esa pared no hay quien la tire!

Se zafó de las manazas de sus compañeros y se largó. Y los otros dos nos miraron, como si se plantearan si debían despedirse, o quitarse las máscaras y las pinturas de guerra, o devolver las ropas femeninas que tan mal sentaban al gordo Albertón, pero todos los ojos de todos los ciudadanos que abarrotaban la plaza estaban fijos en nosotros. Estaban fijos, en realidad, en aquella vieja casa que se había zarandeado, se había resquebrajado y parecía haber disminuido su altura en un palmo. Los guardias municipales que custodiaban el Ayuntamiento ya corrían a interesarse por lo sucedido.

De manera que los delincuentes prefirieron no invertir su tiempo en despedidas ni detalles de cortesía. Sólo echaron a correr.

CARMEN

Mis queridos ladrones. El Chapuzas todo negro, pobrecito, echando humo. Dos-Dedos-de-Frente vestido de mujer, con el pañuelón tapándole el peinado modelo ensaimada y aquellos pechos falsos, y la tripa asomándole por debajo de la blusa de seda floreada. Y Míster Ideas de Bombero, tan elegante y puesto que, cuando se quitó la máscara de Spiderman y la tiró entre dos coches, parecía el menos loco de todos.

Los detuvieron dos travesías más allá porque dicen que no se acordaban de dónde habían aparcado la furgoneta o se la había llevado la grúa, o no sé qué.

Se ve que nos llamarán a declarar en su juicio. No me gustaría perjudicarlos demasiado...

GUILLERMO

Y yo me metí en el sótano lleno de humo negro, donde las carcajadas de mi madre ponían una nota de alegría...

CARMEN

Mi padre miró estupefacto el collar que tenía entre sus dedos. No sé si no podía creer que la joya estuviera

178

allí, o si no podía creer que la hubiera recuperado a tiempo. Después, me miró a mí y abrió la boca para preguntar qué había sucedido. Pero, en ese instante, llegaron los municipales y se le adelantaron:

—¿Qué ha sucedido aquí?

Bueno, pues esto es lo que sucedió. No es fácil contarlo en pocas palabras...

GUILLERMO

Mis padres bien, gracias. Bueno, ya os podéis imaginar: mi madre muy nerviosa y con un poco de flato después de tantas risas, mi padre enfurecido, ahora que las presencias autoritarias y agresivas se habían ausentado, con unos morros hasta el suelo. Mi padre es partidario del trabajo bien hecho. Opina que los obreros descuidados que se pasan el día mirando el reloj y no ponen interés en hacer las cosas bien ni imaginación en su tarea diaria nunca sacarán el país adelante. Siempre dice que así nos va. Bueno, pues aquel día estaba fastidiado porque le habían obligado a asistir a los esfuerzos de tres ineptos. «¿Con gente así —preguntaba a su alrededor con vehemencia— cómo puede ir bien el país?» Además, le habían roto la casa y las copas y habían abierto las botellas de champán y luego ni siquiera se lo habían bebido: las habían dejado allí, de cualquier forma, desbravándose. Pues sí que...

Yo ya me contentaba con que mis padres hubieran salido ilesos. Al menos, la barricada que levanté en el sótano parece que estaba bien levantada y resistió el zambombazo. Le hice notar a mi padre que lo poco que yo había hecho lo había hecho bien. Me lo aceptó.

CARMEN

Yo me encontré abrazada a mi padre y a mi madre, riendo los tres, riendo como nunca habíamos reído los tres juntos.

GUILLERMO

Y, luego, ese verano, no nos fuimos a Australia pero nos fuimos con Carmen y sus padres a *Nosécuántos-sur-Mer* y fuimos muy felices.

CARMEN

Y comimos perdices. ¿Te acuerdas?

GUILLERMO

¡Sí! Hamburguesas de perdiz con queso y mucho ketchup. ¡Buenísimas!

CARMEN

¡Uau!